진채선, 사랑의 향기

도리화가 진채선을 홀리다

3

박태상

도서
출판 월인

장편소설 『사랑의 향기』(1~3권)를 상재한다. 정조
임금부터 고종임금까지 5대에 걸친 100년의 역사를
이타적 사랑·유희적 사랑·소유적 사랑의 세 가지
종류의 사랑의 무늬로 살펴보는 이야기이다. 이 시기
는 우리 역사에서 매우 중요한 시간이다. 중세에서 숨
가쁘게 근대로 옮겨가는 역사적 징조와 상징들이 속
살처럼 드러난다.

그 중에서도 요즈음의 연예 엔터테인먼트 회사인
SM, YG, JYP의 원조인 신재효와 진채선을 중심으로
한 '연예상단'의 형성과정을 바라보려고 한다. 1,000여
개의 장시의 번창은 보부상과 중인아전계층, 그리고
농민군들이 물고물리는 싸움을 펼치던 시기이며, '돈'
이 최고라는 인식이 팽배해지던 초기 상업자본주의가
형성되던 때이자, 신분제가 흔들리고 평등을 지향하
는 물결이 출렁거리던 시기이다.

3대에 걸친 안동 김씨 세도가문에 의한 부패와 수탈정치는 대원군의 혁신정치로 한동안 혁파되지만, 거시적 시야를 갖지 못한 지배층의 근시안은 천주교와 서양 개방세력과의 단절을 가져와 종국에는 일본의 제국주의의 야심에 잡아먹히는, 커다란 우를 범하게 된다. 안타까운 역사이다.

대학시절 대학노트에 끄적거리던 단편소설이 30여 년이 지나 장편대하소설로 모습을 드러내었다. 사실 작년 모더니스트 이상의 처이자 추상표현주의의 개척자 김환기의 아내인, 변동림의 예술에 대한 열정을 다룬 장편 『무당거미』가 큰 출판사에서 편집 도중에 유산되는 아픔을 겪었다. 큰 상처를 아우르며 장편을 써 내려가야 하는 내적 투쟁이 오히려 독이 아니라 약이 되어 『사랑의 향기』를 탈고하는 계기가 되었다.

장편을 처음 기획할 때, 조부님이신 기산 박헌봉 선생이 꿈에 나타나셨다. 판소리연구의 대가인 고려대학교의 유영대 교수는 「시대를 빛낸 문화 예술가-신재효와 박헌봉」이라는 논문을 학계에 발표했다. 동리가 없었다면 2011년 유네스코 지정 세계문화유산에 등재된 판소리는 사라져버렸을 것이다. 또한 기산이 없었다면, 김덕수 사물놀이와 전통예술인 국악은 약화되었을 것이다.

기산 선생의 고향인 지리산 밑 두메산골 경남 산청에서는 매년 5월, <기산국악제>가 열리고 생가를 복원한 기산국악당에서는 손가락이 작은 꼬마아이들이 꿈나무로서 가야금과 판소리를 배우고 있다. 미래의 꿈나무들에게 신재효와 진채선의 사랑과 예술이야기인 『사랑의 향기』를 바친다.

팩션(faction=fact 역사적 자료 + fiction 허구의 이야기)의 전성시대이다. 사실 10권으로 집필해도 부족한 기나긴 역사이야기이지만, 스마트폰세대는 3권으로 줄여서 편집하게 유도했다. 다행스럽게도 최근에 팩션을 다룬 TV 드라마나 영화를 젊은 세대들이 '역사의 교훈'이라는 관점에서 사랑해주고 있다는 점에 큰 자극을 받았다. 유사한 줄거리를 지닌 「도리화가」가 영화로 제작된다는 뉴스를 접하고는 힘이 솟았다.

OSMU(One Source Multi Use)를 기대해보며 탈고를 한다.

젊은 스마트폰 세대, 특히 카카오톡 세대에게 『사랑의 향기』를 바친다. 며칠 푹 쉬면서 산 정상 절벽에 올라가서 '페드라'를 외치고 싶다.

2014년 6월 2일
소산서옥에서
박 대 성

차례

제4부 재인·장인의 요람

각설이패

"이놈아, 돈 몇 푼이 중요하냐? 볼거리를 주는 것이 중요한 게지."

"세상에서 엽전이 제일 중요하지, 그 이상 좋은 것이 무엇이 있겠느냐?"

"아니 많은 사람들의 눈이 있는데, 그 눈을 휘둥그레하게 만드는 것이 얼마나 재미있는 놀이인가?"

"그래 눈을 모으는 거야. 그러면 동전은 자연스럽게 모이게 되어 있어!"

오늘도 사당패들이 모여 노닥거린다. 장터에서 사

람을 많이 모으기 위해 큰 상인들이 추렴해서 돈을 마련하고 사당패와 판소리광대들을 불러들여 판을 벌이게 된 것이다.

"얼쑤 좋다! 지화자 좋구나!"

"모두들, 앞으로 모이세요 품바가 왔어요."

"우리 한번 신나게 놀아봅시다."

한 악공이 태평소를 불자, 다른 악공은 꽹과리를 친다. 거지행색을 꾸민 연희자들이 장구와 북을 치면서 마당 앞으로 나선다. 요란한 음악 소리에 금세 100여 명의 사람들이 모여든다.

얼씨구 씨구 들어간다~ 절씨구 씨구 들어간다~

작년에 왔던 각설이~ 죽지도 않고 또 왔소~

에헤~ 품바가 들어간다~

품바 품바가 들어간다~

아하~ 품바가 들어간다~

일잔을 한잔 들고나보니~ 일편단심 먹은 마음 죽으면

죽었지 못있겠네~

두 일잔을 들고봐 이월이라 매화꽃에 여자 생각이 절로
난다~

품바 품바 잘도한다~
아하 시구시구 잘도한다~

삼 일잔을 들고나 보니 삼월이라 삼짇날에 제비 한 쌍
날아들고
사 일잔을 들고봐 사월이라 초파일에 오색등불 밝구나

에헤~품바 잘도한다
아하~품바가 잘도한다

잘한다 잘한다 하아~품바가 잘도한다
옛날부터 지금까지 하고많은 영웅들이 동서남북 삼지사
방 진흙 속에 묻혀있네

에헤~지리구도 지리구도 잘도한다~
아하~품바가 잘도한다

진시황제 불노초도 오는 죽음을 어찌할꼬

연산군의 역발산도 사필귀정을 어찌하랴

에헤~품바 잘도한다 아하~시구시구 잘도한다

　　장시가 활성화되면서 많은 사회적 변화가 뒤따르게
된다. 가장 먼저 눈에 띄게 달라진 점은 농민들이 힘
든 농사를 짓지 않고 장터로 몰려들기 시작한 것이다.
상품 유통의 활성화에 따른 자연스런 현상이었다. 농
민의 토지 이탈은 기간산업으로서의 농업을 위축시키
고, 이러한 현상은 국가 재정 기반을 어렵게 만드는
악순환이 반복되었다. 동전유통 이후 조정에서는 백
성들의 재산이 날로 고갈되고 국가의 수입이 갈수록
줄어들고 있다는 지적이 이어졌다. 이에 따라 양반을
비롯한 지배계층은 토지를 기반으로 구축된 자신들의
경제기반의 악화를 우려하여 동전유통을 중단하자는
주장을 펴기 시작했다. 하지만 눈치 빠른 양반들은 시
장상인들과 결탁하여 장터에서 경제적 이득을 취하는
방안으로 생각을 돌렸다.
　　동전유통에 따른 또 다른 변화는 고리대업의 성행
이었다. 동전유통 이전에는 연간 이자율이 50% 정도

였으나, 동전의 저장가치가 높아지자 부호들은 농민층을 상대로 고리대업을 자행하여 높은 이식을 취했다. 이들은 곡물가가 높을 때 쌀을 팔아서 동전으로 대출하고 곡가가 낮을 때 이자와 함께 동전으로 받아들여 쌀을 매입하게 되면서 앉아서 5~6배의 이윤을 취하게 되었다. 문제는 종래의 고리대업의 장리 폭리에서 전채가 성행하는 흐름의 변화였다. 종래의 고리대는 대개 봄에 곡식을 빌려 가을에 5할의 이식을 붙여서 갚는 장리가 일반적이었다. 그러나 전채는 대개 봄에 곡가가 높기 때문에 곡식을 빌려주되, 전문으로 절가하여 빌려주고 가을에는 곡가가 낮기 때문에 다시 원금을 곡식으로 환산하여 받는 방법이었다. 이를테면 한말의 쌀을 1냥으로 값을 정해서 봄에 빌려주었다가 가을에 이르러 2냥으로 받되, 쌀로써 계산하면 거의 4~5배가 넘으니 가난한 백성들이 점차 빈곤해지지 않을 수 없는 현실이었다. 농민들은 애써 농사를 짓고도 한두 달 먹기 위해 얻었던 빚을 갚고 나면 남는 것이 없어 또다시 빚을 내어야 하는 악순환이 계속되는 경우가 허다했다. 그 결과 100호 정도의 마을에 농민이 모두 떠나서 10호 정도만 남는 농촌 공동화 현상이 발생했고 농민들이 전토와 소를 팔아버리고 상인으로 전업하는 것이 태반인 경우가 많았다.

"땅에서 손을 떼고 떠나야겠어."

"땅을 파먹는 재주밖에 없는데, 땅을 등지면 굶어 죽게 되지 않을까?"

"아니야 장터에 가면 살길이 생길 거야"

더욱 큰 문제는 도적이 들끓게 되고 관리들의 부패가 노골화되었다는 점이다. 동전은 운반과 교환에서 훨씬 쉬웠기 때문에 도적들의 발생을 자극했다. 큰 도적의 무리는 100여 명에서 수백 명에 이르기까지 규모가 컸다. 또 동전은 포장이나 운반이 용이하여 뇌물로 주고받거나 숨기는 데도 쉽게 드러나지 않는 모순을 지녔다. 지방 수령과 아전들의 부정부패가 판을 치고 농민의 궁핍화는 가속되는 것이 이 무렵의 풍경이었다. 심지어 과거시험장에서 동전을 주고 답안지 제출을 늦추거나 대신 써줄 사람을 구하기도 했다. 돈으로 벼슬을 사고, 송사에서 이기고 지는 것과 재판에서의 형량이 동전에 의해 좌우되는 지경에 이르렀다.

하지만 장터는 나쁜 기능만 있는 것은 아니었다. 한글방과 같은 벽서와 괘서가 내걸려 민심을 유포하는 공간도 되었고, 모반자의 처형장소로도 활용되어 백성들에게 경각심을 주는 장소로도 사용되었으며 왕의 윤음과 정령을 알리는 홍보의 장이 되기도 했다. 더욱 큰 기능은 민중들의 놀이공간으로 마당화되었다는 특성이었다. 양반들과 달리 백성들에게는 오락, 유희의 장이 없었다.

"오늘은 구걸을 해서 엽전을 좀 모았느냐?"

"행님, 오늘도 공쳤습니다. 행색이 더러워서 그런지 사람들이 거들떠보지도 않네요."

"그럼 넌 매일 빈손으로 들어와서 어떻게 밥값을 하려고 하느냐?"

"행님들 옆에서 배워서 조금씩 빌붙는 방법이 늘어나고 있어요."

"이놈이 말은 잘하네! 밥값도 못 벌면서……."

각설이패의 우두머리가 입선의 몸을 걷어차서 그는 다리 밑의 벽 쪽의 바닥에 내동댕이쳐진다. 옆얼굴이 까지고 피가 흘러도 입선은 말이 없이 울기만 한다. 입선의 아비는 양반댁의 하인노비였고 그의 어미는 침선비였다. 하지만 입선의 어미는 입선을 낳고는 병이 들어 죽었다. 어미가 죽자 아비도 삶의 의미를 잃었는지 매일 술을 마시다가 주막에서 다른 집 노비들과 싸움판을 벌이다 집단폭력을 당해 시름시름 앓다가 죽고 말았다. 입선은 졸지에 고아가 되어 다른 침선비의 손에 안겨 키워졌고, 다섯 살이 채 못 되어 마을 어귀에 있는 다리 밑의 거지들의 패거리에게 맡겨졌다.

"내일부터는 내 옆에 꼭 붙어 다니면서 돈이 있는 사람에게 접근하는 방법을 배워라. 특히 장터에 물건 사러 나오는 양반댁 마님이나 힘 깨나 쓰는 아전집 아낙네에게 다가가서 눈물을 흘리면서 빌붙어야 한다. 그래야 몇 푼이나 얻을 수 있어."

"절에서 물건 사러 나온 보살님에게 다가서는 것도 좋은 방법이야. 일반 여염집 아낙네보다 마음이 넓어서 동냥을 잘 주거든."

입선의 처지가 딱한 것을 잘 아는 동료걸인들이 두목의 눈치를 보면서 입선을 몰래 도우려고 한다. 입선은 자신의 신세가 따라지라서 서럽기만 하다. 밥을 며칠 굶는 것은 참을 수 있지만, 모욕을 당하는 것에 가슴이 쓰린 것이다. 입선은 부끄러움을 잘 타고 말을 잘하지 못해 동냥을 하는 데 많은 어려움이 있다. 하지만 그에게는 다른 각설이패와 다른 재주가 있었다. 그는 동료들보다 노래를 잘하고 춤을 잘 추었다.

"깡통을 들고 숟가락을 치면서 장단을 맞추는 거야. 자…… 깡통을 흔들면서 두드려봐."

"얼씨구 씨구 들어간다. 작년에 왔던 각설이가 죽지도 않고 또 왔네."

"장단에도 여러 가지가 있어. 이를테면, 이박자와 삼박자를 맞춰봐."

"기본 장단이 잘되면, 다음 단계에서는 굿거리장단이나 육자배기 가락을 배워야 해."

각설이패들이 많이 하는 <품바타령>도 기본 장단을 익혀야 능란하게 연기를 할 수 있고 춤 재주도 있어야 여러 명의 연희자들이 화합을 이루면서 돌아가게 된다. 입선은 동냥하는 것보다 품바를 배우는 시간이 훨씬 흥겨웠다. 입선은 두세 해도 채 지나지 않아서 <품바타령>의 대가로 자리를 굳힌다. 그가 춤과 노래에 재주를 보이자 각설이패의 두목은 그를 아끼기 시작하고 장터로 데리고 가서 사람들을 끌어 모으는 역할을 맡겼다.

입선은 어느 비가 몹시 오는 날 장터의 모퉁이에서

강보에 씌어져서 버려진 아이를 발견하고는 다리 밑의 숙소로 데려온다.

"응애…… 응애……."

아이의 울음소리는 우렁찼다. 누가 이렇게 잘생기고 힘찬 아이를 길에다 버렸을까? 입선이 아니었다면 아이는 길에서 그대로 방치된 채 죽었을 것이다. 각설이들은 장터를 돌아다니면서 포목전과 면자전, 의전을 찾아가서 헌 옷이나 솜을 구해서 아이를 돌볼 강보를 만들었고, 이전을 찾아가서 아이의 가죽신도 구해왔다. 각설이들은 하루 종일 구걸해서 벌어온 동전을 밑천으로 고초전으로 가서 볏짚을 구해서 아이의 보료를 만들고 전립전을 찾아가서 아이의 털로 된 모자를 구해오기도 했다. 또 장터에서 어린아이를 데리고 나온 아주머니들에게 다가가 아이의 젖을 동냥해서 먹이기도 했다.

"아니, 털모자를 씌우고 가죽신까지 신기니 꽤 귀공자답게 보이는군."

"그래 제법 의젓한데. 울음도 멈추고 우리를 쳐다보고 있어."

"눈이 참 이쁘군. 잘 키워야 하는데, 워낙 우리 신

세가 따라지니 어떡하지?"

"앞으로도 키울 일이 걱정이야."

입선도 아이를 주워오기는 했지만 키울 방도가 떠오르지 않았다. 절에 아이를 맡길까, 아니면 기생집의 행수기생에게 맡겨볼까 별별 생각을 다해보았으나 별 뾰쪽한 수가 생기지 않았다. 결국 입선은 아이의 행복을 위해 기생집의 운심에게 맡기기로 결심한다. 운심은 아이를 잘 맡아서 키워 줄 것으로 생각되었다. 사실 운심은 입선이 짝사랑하는 여인이다. 장터에 놀러 나온 운심을 처음 본 순간부터 입선의 마음은 요동쳤다. 운심도 입선의 맑은 눈을 보고 보통 인물이 아닌 것을 알아챘다. 다만 각설이패를 따라다니면서 연희를 하는 것을 보고 입선의 인생이 기구한 것을 짐작했다.

"운심아, 고민이 있어서 찾아왔어. 너라면 도와줄 것으로 생각해."

"무슨 일이야? 기생인 내가 도와 줄 것도 있나?"

"몇 달 전 비가 몹시 오는 날 강보에 싸인 아이를 장터에서 주웠어. 애가 너무 추운지 새파래져서 울지도 못하고 있었어. 그래서 불쌍해서 다리 밑의 각설이패의 움막으로 안고 달려왔어. 우선 따뜻하게 해서 목숨부터 구해야 한다는 생각밖에 들지가 않았어."

"버려진 아이를 주워왔다구? 아이, 불쌍도 해라."

"내 신세나 운심이 니 신세나 모두 기구하잖아? 그러니 버려진 아이를 보는 순간 불쌍한 생각이 먼저 들었어. 그래서 안고 달려온 거야. 그런데 몇 달을 키우고 나니 걱정이 들기 시작하는 거야."

"그렇지. 아이의 장래를 생각해봐야 하는 거야."

"아이의 미래에 대한 걱정이 많은데도 불구하고 뚜렷한 방안이 떠오르지를 않아. 그래서 운심이 너를 찾아온 거야."

"뭐야? 기생인 주제에 내가 무슨 대책이 있겠니?"

"그래도 행수기생도 계시고, 주모도 있고, 기방에는 돌볼 사람이 좀 있잖아? 각설이패보다야 훨씬 낫지 않겠어?"

운심은 마음이 따뜻한 여인이었다. 자신의 처지도 아이를 돌볼 여건이 아님에도 불구하고 버려진 아이의 신세를 생각해서 며칠 고민하겠다고 답을 했다. 입선은 많은 생각을 해보라는 말을 건네고 움막으로 돌아왔다. 며칠 후 입선은 다시 운심을 찾아갔다.

"내 처지도 아이 신세와 마찬가지이지만, 아이를 침방이나 주모께 부탁해서 키워보기로 결심했어."

"그래 너무나 고맙구나. 바닥인생끼리 서로 챙기면서 도와야 하제."

"너보다야 내가 아이를 키우는 데 좋은 조건이 아니겠어? 행수기생 어른도 어렵게 동의를 해주셨어."

"운심아, 우리가 낳은 아이처럼 잘 키워야 한다. 우리 아이처럼."

'우리 아이처럼'이란 말을 마치기도 전에 입선의 눈에는 이슬이 맺혔다. 운심의 가슴도 찢어지는 듯한 아픔이 밀려왔다. 운심이 자신이 입선을 좋아하는 것일까? 입선을 바라보는 눈빛이 따뜻했다.

"아이의 이름은 무엇으로 정할까? 사실상 입선이, 네가 아이 아빠니까 이름을 정해야제."

"우웅이, 어때?"

"우웅이가 뭐야. 좀 진지하게 생각해봐."

"아니 빗속에서 건진 영웅이란 뜻이야. 앞으로 하층민들의 삶을 바꿔줄 영웅이 필요하잖아."

"우웅이는 비와 연관되잖아 그래서 장래의 삶이 우울할 것 같아. 웅길이는 어떤가? 매우 '길한 영웅'이란 말뜻을 가진 이름말이야."

"그것 참 좋군. '웅갈'이란 이름은 크게 성공할 영웅으로 운수대통이란 의미도 지니고 있군."

"참 아이 이름은 그것으로 정하구. 입선이 너는 각설이패로부터 '품바'를 배운다고 했는데, 잘 익히고 있는지 전에 장터에서 보니까 제법이더라. 그때 입선이 네가 춤추면서 부르는 타령을 듣고 반했잖아. 잘 익혀서 언제 한 번 기방 기생들에게 그 장단을 좀 가르쳐 주면 어떨까?"

"뭐라구? 어떻게 각설이가 풍류의 대가인 기녀들에게 장단을 가르쳐? 말이 된다고 생각해?"

"왜 말이 안되니? 타령이 장단도 좋고, 춤도 매우 재미있어. 웃음이 절로 나오고 흥도 있더라. 그러니 그것을 잘 다듬으면, 기방에서도 먹힐 듯해."

"고맙다. 운심이가 입선의 재주를 인정해주니까 매우 흡족해. 착한 너의 성품이 아이의 생명도 구하고 별 볼 일 없는 입선이에게도 희망을 주니……."

운심은 갑자기 방문을 연다. 밖에는 어둠 속에서 무수한 별이 빛나고 있다. 바람도 선선한 것이 구름 한 점 없는 칠흑 같은 밤이다. 자연의 묘한 분위기가 두 사람의 마음을 흔들어놓는다.

"저 별이 보여? 저 멀리에 있는 것."

"어디에? 저 쪽을 말하는 거야?"

"그래 내 손이 가리키는 끝에 있는 유난히 빛나는 별. 저 별이 별 중의 별인 북두칠성이야. 매일 저녁 맑은 하늘을 쳐다보면 만나게 되는 별이지."

"그 주변에 여러 개의 별이 몰려 있는 것으로 보이는데. 맞나?"

"그래 운심이가 저 무더기 별 중에서 별똥별이 떨어져 나와서 이 땅 조선에 떨어진 것이야. 입선이는 그 중심이었던 '처녀별'이고."

"맞아 그러면 별세계에서는 내가 왕이었네? 그리고 운심이, 넌 궁녀였구나?"

"뭐야. 궁녀가 아니고 왕비였다고. 왕비 말이야. 왕의 부인이었지?"

"그럼 우리는 별세계에서는 부부였네. 정말 그런가?"

"그렇구 말구. 다시 이 세상에서 죽고 나서 별세계로 떠날 거야. 왕비로 환생하는 거지."

"좋겠다. 나두 다시 별세계로 갔으면 좋겠어. 우리

웅길이도…… 함께."

'말이 씨가 된다'는 것처럼 운심은 두 사람의 생명을 구해 세상의 보배로 자라나게 한다. 운심은 마음속으로만 사랑하던 입선을 신재효에게 소개하여 타령과 민요의 명창으로 키워낸다. 또 웅길이를 자기가 낳은 자식처럼 잘 키워 갑오농민전쟁의 훌륭한 장수로 만들어낸다. 농민군의 선두에 서서 관군을 쳐부수며 평등한 새로운 세상을 이루려는 꿈의 영웅으로 거듭나게 하였다. 하지만 정작 자신은 큰 두 재주꾼을 창조해내고는 피를 토하며 폐결핵으로 짧은 생을 마감한다. 다만 떠나는 운심의 옆에서 입선이 자리를 지켰다는 것이 유일한 행복이었다. 식어가는 운심의 손을 잡고 기사회생을 빌면서 밤을 지새운 사람이 바로 입선이었다. 하염없이 쏟아지는 눈물을 삼키며 웅길이를 위해서도 좀 더 살아야 한다고 속으로 외쳤건만 운심은 세상의 빛이 된 채 스러져갔다. 저 멀리 북쪽에서 유성별 하나가 별똥이 되어 이 땅으로 떨어져 내렸다. 여전히 차가운 바람은 돌풍으로 변해 기방을 감돌아 나갔다.

투전 · 골패 폐인

　오늘도 영암장터에 사람들이 몰려들었다. 영암 쌍
교장에 우시장이 열리기 때문에 주변 고을의 농부들
이나 이속들이 소매매나 구경거리를 찾아 모여들었던
것이다. 쌍교장에는 상인들만 모여드는 것이 아니었
다. 소 판 돈을 한탕하려는 무뢰배들이나 술주정을 부
리는 건달과 한량들도 몰려들었다. 장터 옆에는 움막
을 짓고 술국을 파는 선술집이나 아예 기와집을 지어
놓고 기생을 두고 술장사를 하는 색주가도 형성되어
있었다. 장터 상인들에게 행패를 부려 돈을 뜯어내려

는 주먹들도 모여들지만, 태평소를 불고 꽹과리와 징을 두드리며 사람을 모아 땅재주를 부리거나 줄타기를 하는 남사당패와 걸립패들도 운집한다. 이참에 한탕하려는 소상인들도 장돌뱅이들인 행상이나 보부상뿐만이 아니라 좌판을 펼쳐 장사를 하는 사람이나 길거리 중간에 봇짐을 풀어놓고 물건을 파는 난전을 비롯한 다양한 상인들도 찾아든다. 거간꾼들도 한몫 보려고 눈을 부릅뜨고 돌아다닌다. 가장 장사가 잘되는 것은 역시 미곡거간이지만, 구전 몇 푼을 노리고 입만으로 장사를 하는 거간들도 많았다. 한양 시전의 거간꾼의 모습은 전국에 장시가 형성되면서 어느 장터에서나 만날 수 있는 흔한 풍경이었다.

> 큰 광통교 넘어서니 육주비전 여기로다
> 일하는 열립군(列立軍)과 물화 파는 전시정(廛市井)은
> 큰 창옷에 갓을 쓰고 소창옷에 한삼 달고
> 사람 불러 흥정할 제 경박하기 측량없다

대창의에 갓을 쓰고 소창옷에 한삼을 단 한복을 입고 고객을 안내하는 여리꾼은 한양에만 있는 것이 아

니라 영암장에서도 쉽게 만날 수 있었다.

"어떤 물건을 사려고 하시오?"

"비단을 좀 사려고 합니다."

"나는 질 좋고 빛이 자르르 나는 비단을 많이 가지고 있소. 우리 가게로 가봅시다."

"가격은 어떤가요? 돈이 얼마 없어서 비싸면 살 수가 없소."

"비싼 물건을 가지고 있다면 형씨에게 다가서지도 않았소. 난 바가지를 씌우는 거간꾼이 아니고, 좋은 물건을 떨이로 파는 여리꾼이외다."

박석은 평소 친하게 거래하던 한씨 가게로 손님을 안내한다. 늘상 손님을 끌고 가곤 했던 한씨의 비단가게를 마치 자신의 가게인 양 위장을 하고 있다. 물론 가기 전에 이미 약속을 해놓았다. 장사가 성사되어 탈건(脫巾, 10냥)하면 거간비를 얼마간 주기로 다짐을 해두었던 것이다.

"물건이 참으로 많지요? 중국에서 건너온 것도 있고 호남 최고의 남원이나 그 밖의 지역에서 생산된 비단도 많이 있소이다."

거간꾼 박석은 마치 자기 가게인 양 입을 놀린다.

입을 많이 놀릴수록 구전이 떨어지니 입이 아프지만, 계속 혀를 놀려대는 것이다.

"비단 한 필에 얼마요?"

주인 한씨는 다른 가게보다 훨씬 싸다고 말을 하면서 흥정할 준비를 한다.

"열다섯 냥이라오"

"그렇게 비싸요? 열 냥이면 되겠는데."

가게 주인 한씨는 그렇게 싸게 팔면 밑진다고 하면서 난색을 표명한다.

"그러면 다른 가게로 가겠소. 비단가게는 많소이다."

거간꾼 박석은 손님의 팔을 잡고 흥정을 좀 해보자고 말을 한다.

"형님, 오늘 개시나 좀 하는 편이 낫지 않소? 열한 냥이면 어떻겠소"

손님은 열한 냥이면 사겠다고 눈짓을 한다. 주인 한씨는 곤란한 표정을 짓지만 손님이 다른 물건을 보는 사이 박석의 어깨를 툭 친다.

"알았소 손해 보는 셈치고 드리리다. 오늘 개시를 아직 못해서 그러니 정말 싸게 사는 것이라우."

손님은 동전통을 꺼내 계산을 하면서 고맙다는 인사를 하고 가게를 떠난다. 거간꾼 박석은 말을 잘한 덕분에 주인 한씨로부터 1냥을 벌었다. 홍정을 잘 해서 구전을 번 것이다. 장터에서 거간과 상인들 사이에 자신들만이 아는 은어를 사용했다. 이러한 은어를 조선시대에는 변어라고 불렀다. 상인들 사이에서 1, 2, 3, 4, 5, 6, 7, 8, 9를 각각 잡(帀), 사(屮), 여(汝), 강(罡), 오(伍), 교(爻), 조(皀), 태(兊), 욱(旭)자의 파자로 표현했다. 탈건하면 1이고(잡帀에서 건巾을 빼고 나면 일一만 남는다), 탈차를 하면 2이고, 탈여하면 3이고, 탈정하면 4이고, 탈인하면 5이고, 탈애하면 6이고, 탈백하면 7이고, 탈형하면 8이고, 탈일하면 9가 되는 셈이다.

장터에는 한탕하려고 도시에서 흘러들어온 한잡인배와 무뢰지배, 유수지배(遊手之輩)들이 세도가의 하인배들로서 난전에 관여하고 있었다. 이들은 거간들과 한통속으로 소상인들을 괴롭혔다. 거간꾼 박석은 쌍교장에 손님이 많아서 하루에 10냥 이상을 벌었다. 해질 무렵에는 박석은 좀 더 큰 돈벌이에 나선다. 사람들을 모아 도박판을 벌이는데 있어서 바람잡이 역할을 한다. 투전판에는 소위 협잡꾼들이 개입한다. 그들은 몇 사람의 도움을 받아 판을 벌인다. 역할은 모집책과 바람잡이와 고수로 나뉜다. 모집책은 장터를 다니면서 상인으로서 재력이 있는 사람에게 달라붙어서 긴긴밤을 무료하게 자는 것보다 소일거리를 하면서 보내자고 유도한다. 객고를 풀기 위해 한잔하자고 은근하게 권유를 한다. 주로 예쁜 계집이 있는 술집을 잘 안다고 유혹하는 방법을 이용한다. 협잡꾼의 우두머리는 미리 객주나 색주가에 큰 방을 빌려놓고 기생과 술상을 준비해둔다. 그곳에서 한잔 걸치면서 투전판을 펼친다. 보통 4~5명이 투전놀이를 하는데, 그중에 자신의 사람으로 한두 명을 사전에 은밀하게 넣어둔다. 협잡꾼의 또 다른 일행은 동전을 빌려주고 고리대금을 하는 일행이 투전판 옆에 자리잡고 있다. 소위 무뢰배로 통하는 이들은 개평을 뜯기도 하고 투전꾼이 돈을 모두 잃고 가옥과 전답을 담보로 빚으로 전문을 썼으나 돈을 갚지 못하면, 관아에 고발하거나 집으로 찾아가 가족들에게 패악을 저지르는 역할을 맡는다. 박석은 오늘이 날이라고 생각했다. 쌍교장에 우전이 열려 소 판 돈을 가진 큰 손들이 많았기 때문이다.

"소를 얼마에 팔겠소?"

"제 값을 주어야 팔지요."

"요즈음 소 값이 많이 나가지요? 노비보다도 소 값이 비싼 이유가 무엇인가요?"

"한양에서부터 양반사대부 집안에서 소고기를 많이 먹고 소고기를 찾는 집안이 늘어나서 그렇소이다."

"그래 잘 키운 소 같은데, 얼마에 팔겠소?"

"최소한 100냥은 주어야 하지 않겠소?"

"택도 없는 소리 마시오 지금 소 값이 비싸다고 해도 시세가 있는 법인데."

"그래 얼마에 사려고 하오?"

"60냥밖에 줄 수 없소"

박석은 소 값 흥정에도 끼어들었다. 소는 흥정만 잘 하면 구전이 만만찮았다. 사실 박석의 목적은 구전보다도 소를 판 주인을 후려쳐서 투전판에 집어넣는 바람잡이에 더 관심이 많았다. 투전판에 집어넣으려면 소를 빨리 팔게 해야만 한다. 그래서 소 값 흥정에 깊이 개입하는 것이다. 사실 쇠전에는 소거간꾼이 있어 박석같이 전문적인 식견이 없는 사람이 뛰어들기가 쉽지 않다. 그보다도 쇠거간꾼들은 텃세가 심했다. 박석은 장돌뱅이로 잔뼈가 굵은 사람이라서 쇠전에도 친분이 있는 사람들이 많았다.

"제가 잘 아는 쇠살뚜가 있어서 그러니 저를 따라오세요. 그러면 비싼 값에 소를 처분해 드리리다."

"정말이요? 이곳은 60냥밖에 안 쳐준다고 하니 낙망입니다. 멀리 장흥에서 소를 팔러 왔소이다. 꼭 제 값에 소를 팔고 돌아가야 하오."

"걱정 마시오. 제가 80냥 이상은 받게 해드리리다."

"100냥 가깝게 팔았으면 소원이 없겠는데."

"알았소. 하여튼 나를 따라오시오."

박석은 쇠거간꾼 지둘을 찾아갔다. 서로 눈빛을 주고받더니, 흥정을 시작했다.

"요즈음 시세가 높지 않으니 적당한 가격에 팔지 않겠소?"

"얼마까지 줄 수 있소이까?"

"소의 상태를 보니 그렇게 살이 오르지 않았소. 그러니 제 값을 쳐주기가 곤란하오."

"그래도 80냥 아래로는 흥정을 하지 않겠소이다."

"80냥을 주겠소. 어떻소이까?"

"겨우 80냥이 뭐에요?"

"그럼 82냥으로 결정합시다. 동생인 박석이 손님을 모시고 온 공로도 있고 해서."

"선심 쓰는 김에 조금만 더 보태시오."

"자 좋소이다. 85냥을 최종적으로 드리리다."

박석은 옆에서 좋은 가격이니 받아들이라고 쿡쿡 옆구리를 찌른다. 소 주인은 잠시 고민을 하다가 결심을 한다.

"그래 그 값으로 소를 팔겠소. 홍정을 도운 박가의 체면도 있고 하니……."

"고맙소 소 값을 쳐 드릴 테니 소를 끌고 이리로 나를 따르시오."

박석은 소 홍정을 도운 대가로 5냥을 챙겼다. 장터에서 일반 물건을 홍정해서 버는 것보다 훨씬 수입이 좋았다. 그뿐이 아니다. 박석은 소 주인을 데리고 주막으로 갔다. 소 주인이 고맙다고 술국을 한 그릇 대접한다고 해서 따라간 것이다.

"어떻소 만족하시오?"

"약간 섭섭하긴 하지만 그래도 거래를 성사시켜서 후련하오 고맙소이다."

"요즈음 소 시세가 약간 처지는 시기라고 합니다. 좀 더 값이 떨어지기 전에 소를 판 것은 행운이라고 할 수 있어요."

"고맙소이다. 국밥과 막걸리라도 한잔 대접하고 싶소."

"자아. 큰 행운을 잡았으니 건배를 합시다."

"함께 건배를 합시다."

술잔이 몇 순배 돌자 소 주인은 취기를 느끼며 흔들린다. 그때를 놓치지 않고 박석은 소 주인에게 이번엔 자신이 한잔 대접할 테니 색주가로 가자고 꼬드긴다. 처음에는 그는 여각으로 가서 쉬어야겠다고 하더니 막걸리를 한잔 더 하더니 호의에 감사한다고 하면서 박석의 제안을 받아들인다.

"돈을 잘 챙기고 저를 따라 오시오. 저쪽 쌍교장 뒤쪽 골목에 단골 술집이 있소. 그곳에는 예쁜 기생들도 많으니 오늘은 마음 푹 놓고 피로를 푸시오."

"아니. 기녀가 있는 색주가는 술값이 비싸지 않소이까?"

"기분이 좋아서 한잔 사는 것이니 너무 걱정하지 마시오. 제 형님이 색주가의 기둥서방이라서 술값을 잘 쳐서 줄 것이오.”

"아니 저집은 너무 으리으리 하오. 가야금 소리도 들리고 술값이 만만치 않을 듯 싶소.”

"술값 걱정은 붙들어 매란 말이오. 내가 한잔 사는 것이니 형씨는 기생들과 즐기기만 하면 되오.”

색주가로 들어서니 행수기생이 손님을 안내하여 붉은 등으로 화려하게 장식이 된 방으로 데리고 들어간다. 두 사람이 자리를 잡고 앉으니 기녀 두 사람이 악기를 들고 나타난다. 기생이 술상을 차려 나오더니 악기를 꺼내 가야금 병창을 한 곡조 뽑는다. 그 사이 박석과 소 주인 옆에 앉은 기녀가 고운 손으로 술병을 잡더니 단아하게 술을 따른다.

"저는 은향이라고 합니다. 손님을 뵙게 되어서 기쁩니다.”

"전 박석이라고 하고 이쪽 손님은 오늘 소를 팔러 장흥에서 내려오신 정씨라고 합니다.”

"두 분 손님을 환영합니다. 마음을 풀고 오늘 밤을 즐기세요.”

"고맙소. 전 오늘 소를 팔아서 기분이 매우 좋습니다. 은향이도 한잔 하시오.”

"손님이 흥정을 잘해서 돈을 버셨다고 하니 영암장 터가 활발하게 되고 저희 술집도 그 덕분에 잘 될 것 이니 금상첨화라고 할 수 있겠군요. 모든 일이 잘 돌 아가니 저희 집의 자랑인 꽃게 요리를 선물로 드리겠 나이다."

"고맙소이다. 영암별미를 맛보고 가겠소이다."

가야금 병창을 하던 기생도 자리에 돌아와 앉는다. 다들 박수를 친다.

"제가 손님을 위해 한잔을 올리겠나이다. 어떻습니 까?"

"물론 흥겨운 일이오 자아. 술잔에 가득 따르시오."

소 주인은 비틀거릴 정도로 주는 술을 모두 마시고 들뜬 마음을 가누지 못한다. 은향이 안주를 젓가락으 로 떠서 입에 놓아주면서 호들갑을 떤다.

"너무 말씀이 없으셔서 심심해요. 이렇게 말이 없 는 분들이 침소에서는 다변가로 돌변하더군요."

"무슨 말을 그렇게 하나. 침소를 같이 하다니. 내외 가 따로 있는 법인데."

"아니 서방님은 왜 섭섭한 말씀을 하시나요? 하룻 밤에 만리장성을 쌓는다는 말씀도 모르세요?"

소 주인의 소 판 돈을 곶감 빼먹듯이 빼먹으려고 안달이 난다. 박석은 기녀들의 분탕질을 막아서면서 정가 형님과 밤이 늦기 전에 가야 할 곳이 있다고 말한다.

"너희들은 안쪽 행수 어른이 있는 방으로 안내를 해야 하느니라."

"아니 좀 더 술을 마시지 않고 행수 어른과 노시려고 하세요. 젊은 우리들과 밤새 즐겨야 해요."

"그리고 싶다만, 술이 너무 취하면 손놀림이 둔해지는 법이거든. 그래서……"

"아니 박형, 어디로 가려고 하는 것이오. 이곳에서 은향이랑 놀다가 숙소로 가야지요."

박석은 오늘밤 좋은 인연을 좀 더 이어가자고 말한다. 별천지가 기다리고 있으니 적당할 때 일어나자고 제안한다. 소 주인 정씨는 마지못해 일어서서 소피를 보고 와서는 박석의 안내를 받아 내실로 들어간다. 그 사이 벌써 행수기생이 나와서 박석과 귓속말을 나누면서 흐뭇한 표정을 짓는다.

"어디로 가려고 하나요? 술이 취해서 그냥 숙소로 갔으면 좋겠는데 말이요."

"아니 벌써 숙소로 가서 긴긴밤을 어떻게 지새우려고 하시오? 한잔 더하고 투전이나 하면서 객고를 푸셔야지요?"

"투전이 뭐요?"

"동물 그림을 보면서 돈내기를 하는 것이라오. 하룻밤에 10냥으로 수백 냥을 벌 수가 있소이다. 내가 하는 것을 옆에서 보고 그대로 따라하면 되시오. 두꺼운 종이로 작은 손가락 너비만하게 만든 기름종이의 한 면에 인물·새·짐승·벌레·물고기 등의 그림이나 글귀를 적어 끗수를 표시한 것으로 160장·80장·40장을 한 벌로 하여 다양한 놀이를 하게 되어 있소이다."

"아니 정말 10냥으로 수백 냥을 벌 수 있단 말이요? 그곳이 어디요? 한번 가봅시다."

"가보면 당신이 투전에 미치게 되고 결국은 빠져들게 될 거요."

"정말이요? 그렇게 재미가 있단 말이요? 무엇이 그렇게 빨려들게 만든단 말인가?"

박석은 소 주인을 색주가 골방에서 기생들과 몰락한 양반 그리고 건달한량들이 함께 투전에 몰두하는 곳으로 유도한다. 곰방대를 연실 빨아대면서 투전판에서 한손으로 투전목을 지켜보면서 상대방의 패를 넘겨짚어 돈을 거는 장면이 신비롭기 그지없다. 선수가 판꾼 다섯 명에게 목을 한 장씩 떼어 모두 5장씩 나누어주면 판꾼들은 각기 3장을 모아서 10, 20, 30을 만들어 짓고 나서 나머지 2장으로 이루어지는 수에 따라 승부를 결정한다. 만약 3장을 모아도 지을 수 없는 사람은 실격되는데, 2장의 숫자가 같으면 이를 '땡'이라고 부른다. 그중에서 10의 숫자가 2장인 경우 장땡이 되며 그것이 가장 높으며 9땡, 8땡, 7, 6, 5……0의 순서로 내려간다.

땡이 아닌 경우, 2장을 합한 것의 숫자가 한자리 수 9가 되면 갑오라 하여 가장 높게 치고, 그 다음으로 8, 7, 6, 5…… 0의 숫자로 내려간다. 갑오가 되는 수 가운데 1과 8은 '알팔', 2와 7은 '비칠'이라고 부르며, 5가 되는 수 중에서 1과 4는 '비사'라고 칭한다. 한편 2장을 더한 수가 10처럼 끝이 0이 되는 경우에는 이를 '무대'라고 하여 제일 낮은 끗수로 간주한다.

한동안 투전판의 움직임을 지켜보기만 하던 소 주인 정가는 박석의 권유에 따라 판에 뛰어든다. 영암

투전판의 고수는 수달(手達)이라는 건달이다. 그의 손은 너무도 빠르고 상대의 패를 읽는 재주 또한 비상하다. 그는 선수로 투전꾼들에게 패를 나눠줄 때 이미 상대의 패가 들어갈 확률을 계산한다. 물론 큰 손님을 상대로 할 때는 반드시 다섯 사람의 투전꾼에 자기 수하의 사람을 하나나 둘을 심어둔다. 일종의 사기도박인 셈이다.

"뭘 그리 생각하시오? 돈을 거시고 패를 보여주세요."

"큰 것을 잡았소이까? 그렇게 큰 소리를 하게?"

"그렇소이다. 자신이 있다면 큰돈을 걸어보세요."

"누구도 큰 패를 잡지 못했을 것으로 보이는데…… 큰 소리는?"

"빨리, 빨리. 자신 있으면 돈을 거세요."

"옛다. 50냥을 걸었소. 자신 없으면 죽으시오."

"무엇을 잡았길래 큰 소리를 칠까?"

"60냥 걸었소. 패를 보여주세요."

"100냥을 걸었소. 더 판을 올릴 사람, 있나요?"

"모두들 죽었소. 9땡인데…… 더 좋은 패를 쥔 사람 있나요? 없다면 판은 내가 싹쓸이 하겠소이다."

"아니, 잠깐만. 여기 장땡이 있소. 판돈은 모두 내 것이오"

"와우…… 망했다. 아니 장땡이 어디서 나왔는가? 절대 나올 수 없었는데……"

"모두 판에서 손을 떼시오. 동전꾸러미는 모두 내 것이오"

9땡보다 높은 장땡을 쥔 사람은 수달이었다. 수달은 수북이 쌓인 동전을 모두 쓸어 담았다. 돈을 모두 잃은 사람은 옆에 있는 개평 뜯는 이들에게 명문을 작성하고 노름 돈을 빌린다. 비록 잠시라 하더라도 반드시 배의 이자로 문권을 작성하여 하룻밤 사이에 누차 작성을 하면 수십 배에 달하여 패가망신하게 된다. 빚쟁이들이 문서로 작성한 것을 관에 제출하여 징수를 하면 빚진 자의 부모처자가 간신히 갚아주어 가산이 기우는 자가 속출하였다. 늦게 판에 끼인 소 주인 정가는 소 판 돈을 밤새 모두 잃었다. 속이 쓰려도 할 수 없다. 이미 박석은 사라지고 코빼기도 보이지 않았다. 연신 기생들이 들여오는 주안상에 있는 술잔을 쥐고 술을 몇 잔 들이키는 수밖에 없었다. 그 즈음 도박으로 인해 가산을 탕진하고 도적질하는 데 다다른 사람들이 빈번하게 나타났다. 투전이 유행하게 된 배경에는 장시의 활성화와 화폐의 통용이 한몫을 했다. 숙종 4년 이후 각도 감영에 주전을 허가함으로써 많은 양의 주화가 유통되었다. 이러한 화폐 경제의 발달은 투기성을 높일 수 있었다. 물물교환에 비하여 즉자적으로 교환되는 동전은 심리적으로 강한 자극과 흥분을 주었기 때문이다. 패가망신을 국가가 주도했다는 말도 틀린 말은 아니었다.

장꾼은 하나인데
풍각쟁이가 열둘이다

장시가 발달하고 자리를 잡아가자 장터를 수입의 근거지로 삼는 자들이 많이 나타났다. 농토를 버리고 상인으로 전환한 양민뿐만이 아니라, 마땅히 일자리를 찾지 못하는 몰락한 양반들이나 한량들, 심지어 거렁뱅이들과 도적무리들도 몰려들었다. 장터는 시장상인들이 가게를 열거나 좌판을 펼쳐서 물건을 파는 곳에서 머물지 않고 주점도 생기고 객주와 여각도 생겨났으며 색주가도 심심찮게 형성되었다. 술판이 벌어지면 무뢰배들이 끼어들게 되고 술주정하는 사람들도 나타나게 마련이다. 관아의 포졸들이 할 일이 생긴 것이다.

장시는 장사만 하는 공간이 아니고 마을 사람들의 오락과 여흥의 공간으로도 활용되었다. 장터에는 걸립패와 사당패, 광대패들이 모여들었다. 지방의 향시에는 장사치나 물건 사려는 손님보다도 풍각쟁이들이 더 많이 몰리는 경우도 많았다.

걸립패에는 절걸립패와 낭걸립패가 있다. 절걸립패는 절의 중수와 범종의 주조의 경비를 조달하기 위해 민가를 방문하여 축원과 염불을 해주고 곡식을 얻는 행위를 말한다. 대개 화주를 중심으로 보살, 비나리(승려 출신), 기예연희자인 산이, 탁발 등이 한패를 이룬다. 낭걸립패는 서낭을 모시는 패걸이로서 모갑을 중심으로 마을을 돌아다니면서 집안고사를 해주고 돈이나 곡식을 받는 마을풍물패의 성격을 지닌다.

예인 집단에는 사당패·광대패·남사당패가 있었다. 사당패는 여자들로 구성되었는데, 주된 공연 종목은 판 염불을 중심으로 한 춤과 노래였다. 사당패에는 사당과 짝을 이루는 거사들이 있다. 거사는 악기연주, 사당패의 뒷바라지, 사당의 허우채(解衣債: 몸값) 등을 관리하였다. 광대패는 재인청 출신의 무부들이 떠돌이로 전환하여 이루어졌다. 광대들의 재주는 가곡·판소리·곡예·가면춤·검무·꼭두각시놀이 등이 대표적이다. 이 중에서 소리광대인 가곡과 판소리를 하는 사람의 대우가 가장 좋았다. 남사당패는 남자들로만 구성되었는데 35~50명의 구성원이 풍물·버나(대접돌리기)·살판(땅재주)·어름(줄타기)·덧뵈기(탈놀이)·덜미(꼭두각시) 등 주로 6종류의 놀이를 연출하였다. 남사당패는 꼭두쇠를 우두머리로 질서 있게 움직였다. 구성원의 선발은 자진해서 오는 경우도 있으나 유혹 또는 납치하기도 하였다.

산복이는 어미가 아이를 낳다가 죽었으므로 장터에서 좌판을 하는 상인들에 의해 길러졌다가 일곱 살 무렵 유랑패에 끼여 전국의 장시를 찾아다니며 공연을 했다.

"자아…… 모이세요. 남사당패의 놀이가 있습니다."

"새로 난장이 열리는 기념으로 연희를 하는 것이니 안 보면 손해를 봅니다. 너무나 재미있으니 이쪽으로 모이세요."

"오늘 어름놀이에는 조선 팔도에서 가장 줄타기를

잘하는 판길이 나서니 대단한 묘기를 선보일 겁니다."

우렁찬 목소리의 곰뱅이쇠가 장터를 돌면서 공연을 홍보한다. 곰뱅이쇠가 한바퀴를 돌자 곧 풍물패들이 들이닥쳐 풍악을 울린다. 뜬쇠들이 꽹과리·징·장구·북·날라리 땡각으로 장터 손님들의 귀와 눈을 사로잡는다. 큰 장터 마당에서 풍악에 맞춰 상모돌리기를 펼치니 마을 아낙네와 아이들을 중심으로 금세 100여 명의 사람들이 모여든다. 농악 풍물패들이 한바탕 연희를 마치니 곧 이어서 버나쇠(대접돌리기)·얼른쇠(요술)·살판쇠(땅재주)·어름산이(줄타기)·덧뵈기쇠(탈놀이)·덜미쇠(꼭두각시놀음)들이 나서서 각기의 장기를 선보인다. 관객들은 저마다의 묘기를 선보이는 남사당패거리들의 연희에 넋을 잃고 보다가 환호와 함께 박수를 친다. 드디어 판길이가 부채를 들고 줄에 오른다.

"자아. 이제 판길이가 줄을 타기 시작합니다."

"부채를 펴고 하늘로 향하는 판길이의 표정을 좀 보시오. 얼마나 유쾌한지 곧 날아오를 것만 같지 않소?"

"쉬…… 이…… 이제 조용히 하셔야 하오. 여러분들

이 소란하면 판길이가 줄에서 떨어져 낙마하게 됩니다. 어쩌겠소. 크게 다칠 수밖에 없소이다. 그러니 조용히 하시오.”

“엄마, 저기 좀 봐. 어떤 사람이 줄을 타고 있어요. 신기해요.”

머리에 짚으로 된 두건을 쓰고 흰 띠로 이마를 동여맨 나이가 제법 된 어름산이 판길이가 부채를 잡고 줄 위에서 몸의 균형을 유지하려고 애를 쓰고 있다. 그의 이마에 땀이 송곳하게 숫아올랐다. 위아래에 흰색 옷을 입고 푸른 겉옷을 받쳐 입은 것이 농악풍물패의 옷과 보조를 맞추려는 의도로 보인다. 허리에는 붉은 전대를 차서 잘록한 허리선을 강조하여 날렵한 자태를 뽐내고 있다. 갑자기 여인네들의 외마디 비명 소리가 들려온다. 판길이가 줄 위에서 묘기를 선보이고 있는 것이다.

“아잉. 줄에서 떨어지면 어쩌려고 저러나.”

“너무 애처롭고 아실아실해서 눈 뜨고 지켜보기가 두렵구먼.”

“그래도 역시 판길이가 최고 아닌가? 조선 팔도에서 판길이를 따라갈 사람이 없다고 하지 않는가?”

"묘기를 이제부터 선보일랑가? 지금까지는 그냥 균형을 맞춰 줄 위를 조심스럽게 걸어 다니더니만."

부채를 한손에 움켜쥔 판길은 줄 위에 두 발로 서 있다가 갑자기 땅에 떨어질 듯이 넘어져 사타구니로 줄을 튕기더니 다시 솟구쳐서 줄 위로 차고 올라간다. 이러한 동작을 반복하니, 여인네들의 비명소리가 잦아들지 않는다. 판길이가 줄 이쪽저쪽을 반복하여 묘기를 보이면서 재주를 마치자 우렁찬 박수소리가 난장을 울려 퍼진다. 난장의 저편에서는 한 광대가 <욕타령>을 한다. 관객들이 그쪽으로 우루루 몰려간다.

광단 이광단이 화투패냐

일광단 이광단이 비단이냐

빌어 쳐먹을 놈에 별호더냐

개놈 소놈에 개자식

이 년 저 년에 씨앙년

용천배기 호로 자식

호랭이한티 물려갈 년

멀쩡한 베락을 쫓아가서 두 번 맞구 뒈질 놈

열사흘 굶어서 허기진 배에 욕심이 한 보땡이

들어가서 배 터져서 뒈질 놈

범우한티 물려가다가 오줌 똥 지리구 토악질해서

숨 맥혀서 뒈질 년

정승 판서래두 해먹을 놈

정경부인을 해 처먹을 년

늙어 편안히 죽을 놈

씹을 할 놈 씹을 할 년

어허이 시원하다 어헐씨구씨구 시원하다.

광대가 잡가로서 부르는 <욕타령>은 충청도 지역에서 잘 부르는 <각설이 욕타령>이다. 이 타령에서 하층민들의 울분과 분노를 대변하는 욕설은 장터를 찾은 손님들에게 웃음을 선사하면서 동시에 잘못된 세상에 대한 저주를 퍼붓는 소리이기도 하다. 장터의 다른 한 곳에서는 판소리공연이 한창이다. 그곳에 가장 많은 관중들이 모였다. 천하제일이라는 진채선이 왔다는 소식에 남녀노소 할 것 없이 몰려든다.

"정말인가? 진채선이 온다는 말이 사실인가?"

"사람들이 이리저리 몰려다니는 것을 봐서 유명한

광대가 뜬 것이 맞는가 보이."

"어서 가보세. 진채선이라면 죽기 전에 꼭 한번 봐야 한다고 하지 않나?"

"채선이를 꼬시려고 순창부사가 별별짓을 다했다고 하지를 않나?"

"진채선이 고렇게 예쁜가? 소위 양귀비마냥 경국지색인가?

"외모도 곱지만 소리가 절창이라고 하지를 않는가?"

"얼른 가봄세. 얼른."

수많은 아낙네들이 채선이가 공연한다는 난장의 무대로 달려간다. 사람들의 이동이 많으니 마당에서 먼지가 하늘로 솟구쳐 오른다. 군중들의 동요에 사고라도 날까봐 포졸들이 질서를 잡는다. 몇몇의 포졸들로 수백 명의 군중들의 이동을 감당할 수는 없었다.

"안녕하세요? 전 소리꾼 진채선입니다. 여러분들을 만나서 반가워요."

"와우. 곱고 예쁜 얼굴이다. 하늘에서 내린 소리라는 말도 맞지만, 고운 얼굴을 가진 광대라는 말도 적절한 말이다."

웅성대는 군중들 사이로 진채선이 모습을 드러냈

다. 호남 장터에서 진채선의 명성은 매우 높았다. 그의 소리가 상인들과 장터를 찾은 손님들 사이에서 인기를 끈 지는 그리 오래되지 않았다. 동리 신재효의 문하에서 이론과 실기를 겸하여 갈고닦은 실력이 유감없이 발휘되면서 곳곳에서 진채선을 환호하는 군중들이 늘어난 것이다. 그동안 소수의 지방관장들 사이에서만 이름을 날리던 여성명창에서 장터의 아낙네들과 상인들 그리고 버림받은 사람들 사이에서도 인기가 높아졌다는 것은 커다란 의미를 갖는다. 상업자본주의의 초기 유형이 드러나던 장터에서 시장 기능에 충실하게 부합되는 예능인을 신재효 연예 상단이 비로소 배출했다는 것은 조선조의 획일화된 사회구조를 바꾸는 데에도 큰 의미를 지닌다. 수동적이기만 했던 하층민들이 자신들을 대변할 수 있는 대행자를 찾고 있었는데, 어느 날 갑자기 그들 앞에 현신한 것이다.

"무슨 창을 들려드릴까요?"

"<심청가>에서 심봉사 이별장면을 불러요…… <심청가>요."

"<춘향가>를 한 대목 들려드릴까요?"

다른 연희자들과 달리 진채선은 공연을 하기 전에

꼭 청중들에게 희망곡을 알려달라고 청한다. 진채선은 군중들에게 궁금증을 높이게 하고 그들의 마음 가까이 다가서려고 노력하는 예능인이었다. 군중들은 '진채선'을 연호한다. 박수를 건성으로 치는 형국이 아니라 자발적으로 진채선의 이름을 부르면서 창이 시작하기를 고대하는 마음을 전하고 있는 것이다.

"오늘은 여러분들이 저를 기다리는 마음을 이도령을 기다리는 춘향의 마음으로 살짝 바꾸어 전해드리겠습니다. <춘향가> 중에서 '쑥대머리'를 들려드리겠습니다."

열화 같은 박수가 그치자 진채선은 한 발자국 앞으로 나서서 창을 부르기 시작한다. 갑자기 날아가던 새들도 나무 위에 자리잡고 멈추어 선 느낌이다.

쑥대머리 귀신형용(鬼申形容)
적막 옥방(寂寞獄房)의 찬 자리여
생각나는 것이 임뿐이라.

보고지고 보고지고 한양 낭군을 보고지고
오리정(五里亭) 정별후로 일장서(一張書)를 내가 못봤으니,

부모봉양(父母奉養) 글공부에 겨를이 없어서 이러는가.

여인신혼(興人新婚) 금슬우지(琴瑟友之)

나를 잊고 이러는가.

계궁항아 추월(桂宮恒娥 秋月)같이 번뜻이 솟아서 비치고저.

막왕막래(莫往莫來) 막혔으니

앵모서(鸚鵡書)를 내가 어이 보며

전전반측(輾轉反側) 잠못 이루니

호접몽(胡蝶夢)을 어이 꿀 수 있나.

손가락의 피를 내어 사정(事情)으로 편지헐까.

간장(肝腸)의 썩은 눈물로 님의 화상(畵像)을 그려볼까.

이화일지 춘대우(梨花一枝 春帶雨)의 내 눈물을 뿌려쓰면

야우문령(夜雨聞令) 단장성(斷腸聲)의 비만와도 님의 생각

추우오동 염락시(秋雨梧桐 葉落時)의 잎만 떨어져도 임의

생각.

녹수부용(綠水芙蓉)의 연 캐는 채현여(采蓮女)와

제룡망채엽(提龍網菜葉)의 뽕 따는 여인들도

낭군(郎君) 생각은 일반이지.

날보담은 좋은 팔자

옥문(獄門)밖을 못 나가고 뽕을 따로 연 캘거나.

내가 만일의 님을 못보고

옥중고혼(獄中孤魂)이 되거드면

무덤 앞에 있는 돌은 망부석(望夫石)이 될 것이요

무덤 근처 섰는 남기는 상사목(相思木)이 될 것이니

생전사후(生前死後) 이 원통(冤痛)을 알아줄 이가 뉘 있더

란 말이냐.

아이고 답답 내 신세야.

아이고 이를 어쩔거나 그저 퍼뜨리고 울음을 운다.

아련하고 애처롭게 목을 빼고 창을 하는 진채선의
모습은 마치 억울하게 수탈당하고 짓밟힌 삶을 살아
가고 있는 농민이나 상인들의 처지를 대변하듯 가늘
게 포효하고 있다. 이러한 애절한 가락이 울리는 심금
자체가 군중들이 진채선을 연호하는 요인으로 작용하
고 있다. '고진감래'라는 '고생 끝에 즐거움이 올 것'이
라는 희망을 전해주는 신의 목소리는 그들에게 더욱
감응을 느끼게 한다. 진채선 그 자체가 서러움에 물든
자신들에게 옮겨오는 분위기이다. 정서적 감응의 전

이가 진채선 창의 묘미인 것이다.

　"역시 진채선이 최고의 명창이야."

　"진채선은 우리 자신의 삶 그 자체야."

　"진채선, 항상 우리 곁에 서서 노래했으면 좋겠어."

　"어떻게 저런 목소리가 나올 수 있을까?"

　진채선의 아름다운 창에 대한 군중들의 호응은 이심전심으로 전라도의 장터를 넘어서 전국적으로 퍼져 나가고 있었다. 시장에서 반응을 일으킨 조선 최초의 예능인이 바로 여성명창 진채선이었다.

제5부 이 풍진 세상 - 대원군 시대

'궁도령'의 위장술

"우리나라는 앞으로 어떻게 될 것이며, 조선 왕조는 전주 이씨의 승계가 계속될 수 있을까?"

정조가 개혁을 주도하다가 붕어하자 양반 사대부계층과 백성들 사이에 나돌던 말이다. 그만큼 왕권과 신하들의 신권의 갈등은 심각하였으며, 백성들의 민생도 도탄에 빠져들고 있었다.

1800년 순조가 11세의 나이로 즉위하였다. 나이 어린 순조를 대신하여 영조의 계비 정순왕후가 수렴청정을 실시하였고 그에 따라 정순왕후를 지지하는 경주 김씨 세력인 노론 벽파들의 세력이 막강해졌다. 이러한 상황에 가장 반발한 인물은 바로 김조순으로 그는 사도세자를 동정하는 노론 시파의 핵심 인물이었다. 김조순은 정조 치세기에 여러 개혁 정치를 뒷받침하고, 나아가 벽파 세력을 견제하기 위해 전략적으로 선택되어 성장했던 안동 김씨의 인물로 정조는 죽기 직전 김조순의 딸을 당시 세자였던 순조의 빈으로 삼아 왕실 외척으로서 왕실을 지원하는 든든한 지지 기반으로 삼고자 하였다. 그러나 경주 김씨 세력들은 김조순의 딸이 세자빈으로 간택되는 것을 반대하여 삼간택은 제대로 진행되지 못했으며, 결국 순조 즉위 후 왕후로 책봉되었다.

결국 순조 즉위 초기에는 안동 김씨 집안을 대표하는 노론 시파의 김조순과 노론 벽파가 지지해주는 경주 김씨 집안의 정순왕후의 대립 구도가 형성되었고, 수렴청정을 통해 권력을 장악한 정순왕후 일파에 의해 안동 김씨 집안은 정치적 탄압을 받았다. 그런데 1803년 말로 접어들면서 이러한 상황이 바뀌게 되었다. 성장한 순조로 인해 정순왕후의 수렴청정이 끝나게 되면서 세력이 순조의 친정으로 자연스럽게 넘어

가게 되었는데 이러한 상황변화는 그동안 정조의 유지에 따라 순조와 순조비인 김조순의 딸인 순원왕후를 보호하던 김조순과 안동 김씨 세력의 전면적인 등장을 의미하는 것이었다. 모든 정치상황은 이후 김조순 일파에게 유리하게 전개되었다. 1805년 영조의 계비로 수렴청정을 했던 정순왕후가 사망하였고, 결국 1806년 김관주 등 경주 김씨와 벽파 세력들은 대거 숙청되었다.

"아버지 정조대왕의 개혁정치의 정신을 계승하여 나라를 반석 위에 올려놓아야 합니다. 그러니 모든 대신들은 짐의 뜻을 잘 헤아려 도와주시기 바랍니다."

순조는 연안 김씨 김재찬을 정승으로 임명하여 부왕인 정조의 정책을 이어받아 개혁을 실시하고 왕권을 강화시키고자 하였다. 그러나 몇 년 동안의 대기근과 1811년 홍경래의 난 등으로 혼란이 겹치면서 순조의 개혁 정치는 점차 그 힘을 잃어가게 되었다.

"큰일 났습니다. 서북지방에서 반란이 일어나 선천·철산·용천과 가산·정주·박천이 농민군의 수중에 함락되었다고 합니다. 관군을 투입하여 진압을 해야 합니다."

서북지방의 반란은 풍수꾼 홍경래를 비롯하여 지사 우군칙, 역노 출신으로 금광 경영과 상업으로 돈을 모은 이희저, 빈농 출신의 김사용, 곽산의 진사 김창시 등이 중심이 되어 봉기를 일으켜 중앙정부 관료들의 탐학과 지나친 수탈 그리고 서북민에 대한 차별의 철폐를 주장하면서 상당한 지지세력을 확보하고 있었다. 이들은 조직적으로 오랜 기간 동안 면밀한 계획을 세워 진행하여 가산군 다복동에 근거지를 두고 광산노동자를 모집한다는 구실로 유민들을 모아 군사훈련을 시키고 역사들을 중심으로 지휘체계를 갖춰 봉기군을 구성하였다. 특히 이 해는 흉년이 들어 백성들의 삶이 매우 곽곽해져 민심이 흉흉하던 시기여서 농민들의 큰 호응을 얻었다. 놀란 조정은 토벌대를 구성하여 평안도 병영군을 중심으로 관군을 조직하고 안주를 중심으로 집결하여 토벌을 시작하여 결국 홍경래의 농민군을 정주성에 고립시키고 포위하여 섬멸하였다.

"다행스럽게 관군은 정주성을 포위하여 반란을 진압하고 남정네 2,000여 명과 주모자 홍경래를 체포, 압송하여 한양으로 돌아왔습니다. 이들을 모두 처형

시켜 반란의 결과를 백성들에게 똑똑히 보여줘야 합
니다."

"조정대신들의 의견을 물어 결정하도록 하시오."

이러한 서북지방의 농민봉기는 순조의 개혁정치의
실종으로 나타났다. 결국 권력은 다시 김조순을 중심
으로 하는 안동 김씨 일파에게 돌아가게 되었고, 안동
김씨 일파는 국가의 중요한 요직을 거의 독점하면서
새로운 세도를 부렸다. 더구나 1827년 순조 친정을
보좌하던 김재찬마저 사망하면서 순조는 더 이상 김
조순과 안동 김씨 일파를 견제할 수 없는 처지로 전
락하였다. 이에 순조는 김조순과 안동 김씨 세력을 견
제하기 위한 마지막 방안으로 조만영 등 풍양 조씨
가문의 사람들을 적극 등용하였다, 나아가 아들 효명
세자에게 대리청정을 시켜 자신의 뜻을 받들도록 하
였다. 하지만 대리청정 4년 만에 효명세자(후에 익종
으로 추존됨)가 갑자기 병사하면서 다시 순조의 친정
체제로 돌아가면서 안동 김씨의 세도정치는 많은 폐
해 속에 지속되었다. 세월은 순식간에 흘러 헌종을 거
쳐 철종으로 이어졌다.

안동 김씨의 세도정치가 조선의 온 세상을 휘두르

고 있을 때 궁녀들의 치마폭에나 관심을 두었던 강화
도령 철종은 후사도 없이 젊은 나이에 붕어(崩御)한다.
사실 철종은 왕이 될 위인이 못되었다. 안동 김씨 가
문은 자신들의 세도정치를 이어가기 위해 왕족 중에
서 인물이 출중한 사람들은 사전에 모함을 하여 귀양
을 보내거나 모반을 꾀했다는 누명을 씌워 제거해 버
렸다. 철종 13년에 왕족 이하전은 품격도 높고 사람도
돈후하여 인물로서 누구에도 모자람이 없었다. 그런
데 오히려 그러한 점이 화근이 되었다. 영의정 권돈인
이 그를 왕위계승의 후보자로 추천하였으나 외척들은
유능한 인물이 왕이 되면 자신들의 세력유지에 위험
하게 된다고 생각하여 영의정 권돈인을 축출한 후에
이하전을 왕위 찬탈의 역모죄로 몰아 없애고 연루자
이긍성과 김순성 등도 처형해 버린다. 이보다 2년 전
에는 왕족 경평군 이호가 안동 김씨 세도가인 김좌근
을 비난했다는 이유로 작호를 박탈하고 원도로 귀양
을 보내버렸다.

막상 철종이 급서하자 한 해 전에 국구 김문근이
세상을 떠난지라 치밀한 사전 공작을 준비하지 못한
영의정 김좌근을 위시한 안동 김씨 외척들은 당황하

게 된다. 궁중 관례대로 왕위 계승의 발언권은 순조의
비인 조대비와 안동 김씨 집안의 철종비, 그리고 풍양
조씨 집안을 외척으로 둔 익종비의 순이었고, 헌종비
의 남양 홍씨 집안은 미미한 존재였다. 철종이 승하하
자마자 조대비는 창덕궁의 중회당으로 중신들을 불러
모았다.

"국상을 당하여 원통한 마음을 금할 수 없으나 나
라의 사정이 어려워 왕위계승 문제를 더 이상 미룰
수도 없어서 이 자리에서 종사의 대계를 결정하고자
하니 신료들은 좋은 의견들을 내시기 바랍니다."

조대비가 말을 마쳤지만, 영의정 김좌근과 그 양아
들 김병기를 비롯한 안동 김씨 외척들은 대비책이 없
어 침묵으로 일관했다. 그때 노신인 영중추부사 정원
용이 비로소 입을 떼어 말을 겨우 했다.

"여러 중신들이 말을 못 아뢰고 있는 것은 자성의
명지를 기다리는 탓으로 보입니다. 그러하온즉 자성
께서 말씀을 해주시기를 원하옵나이다."

안동 김씨 세도가가 허를 찔리는 순간이었다. 전혀
대비책이 없는 가운데, 조대비에게 왕위 계승의 모든
권한을 맡기는 형세가 되었기 때문이다. 조대비가 한

참 말이 없다가 겨우 입을 다시 뗀다.

"별다른 의견이 없다면, 흥선대원군의 제이자 명복으로 하여금 익종의 대통을 잇게 하고 싶소이다."

충격적인 발언이었고 마른하늘에 천둥번개가 치는 상황이었다. 조대비는 도승지를 당장 들라고 해서 왕위 계승의 교서를 기록으로 남기라고 명한다. 안동 김씨 외척일가는 창덕궁을 물러나면서 삼삼오오 모여서 걱정스런 대화를 나눈다. 가문이 몰락하는 것이 아닌지 근심이 어린 표정으로 집을 향해 빠른 걸음으로 궁을 나선다. 하지만 이미 허는 찔렸으니 어찌 하겠는가? 그동안 무시하고 모멸감을 주어왔던 흥선대원군과 선을 대는 수밖에 없었다. 김병기의 동생 김병학을 사절단으로 대원군에게 보내 축하의 선물과 편지를 보내느라 부산을 떤다. 그동안 범한 과오는 어떻게 주워 담을 것인가? 지난 시절 대원군은 궁중의 권한을 움켜잡고 있던 안동 김씨 집안의 감시의 눈에서 벗어나기 위해 파락호처럼 행동하였다.

"하하 대감, 큰 아들놈이 빈둥빈둥 놀고 있으니 영 마음에 들지 않소이다. 무슨 일자리라도 하나 마련해 주셨으면 고맙겠습니다."

"궁도령께서 그러한 사소한 부탁을 위해 미천한 우리 집안을 방문해 주시다니요? 마땅찮은 일이외다."

"아니 부탁하는 내가 황송할 따름이지요. 변변치 못한 아비의 청탁이니 개의치 말고 들어주셨으면 합니다."

이하응은 체면을 생각하지 않고 정계에서 멀어져서 살고 있다는 것을 보여주겠다는 듯이 아들놈 일자리를 청탁하고 다녔다. 간도 쓸개도 없는 왕족이라는 소리를 일부러 듣기 위한 행동이었다. 또 다른 안동 김씨 집안의 재상에게는 술값을 얻으러 가기도 했다.

"아니 요즈음 술값이 떨어져서 기생년 치마도 넘볼 수 없게 되었소이다. 좋아하는 술을 그만 둘 수는 없으니 술값이라도 좀 보태주었으면 해서 찾아왔소이다."

불쑥 찾아와서 기생타령이나 하는 이하응을 권문세도가에서는 파락호로 평가해서 아예 입밖에 거론도 하지 않았다. 한번은 안동 김씨 집안의 잔칫집에 찾아갔다가 무시를 당하는 사건이 벌어졌다.

"배가 고파서 걸식이나 할까 해서 찾아왔으니 말석이라도 좀 내어주시오."

집안의 집사는 행색도 누추한 이하응을 못마땅하게 생각했으나 명색이 왕족이라 푸대접 할 수도 없고 해서 자리를 잡아주었다. 이하응은 주변 손님을 의식하지도 않고 게걸스럽게 음식을 먹고 술도 혼자 잔에 따라 퍼마시는 걸인행색을 하였다. 그러자 좌상에 앉은 세도가의 집안사람이 못마땅하게 생각하고 식은 전에 침을 뱉어 던져 주었으나 자리 밑으로 떨어진 전을 들어 올려서 도포자락에 문대고는 그냥 간장을 발라서 먹어치우는 것이었다. 그날 이후 이하응에게 '궁도령'이라는 별명이 붙여졌고, 상가에서는 개 취급을 받기도 하는 등 모멸감을 참을 수 없게 된다. 이하응이 자초한 그러한 수모는 안동 김씨 세도가의 눈에서 멀어지기 위한 전략이었고 실제로는 은밀하게 권력으로 나아가기 위한 작업을 추진하고 있었다. 그동안 순조임금 때 궁중에서 수렴청정을 하던 순정왕후 밑에서 무시당하고 있던 조대비와 내통을 하기 위해 그의 조카인 조성하를 찾아가 말문을 트고 있었던 것이다.

"자네나 나나, 같은 처지가 아닌가? 우리 자주 만나 세상 돌아가는 이야기나 나누며 살아갑시다."

"아니 왕족인 자네와 외척인 내가 어찌 같은 처지라고 말하는가? 왕족의 체통이 있지 품위를 지키게나."

"지금 품위라고 했나? 인품을 찾다가 비명에 횡사한 사람들이 얼마나 많은데 그런 말을 입에 올리는가?"

두 사람은 종종 야심한 밤에 만나 주안상을 사이에 두고 안동 김씨 집안의 횡포와 부패상에 대해 비판을 했다. 술이 거하게 취하면 속내를 드러내고 실상을 토해내면서 분기를 참을 수 없어 술잔을 던져 깨버리기도 했다.

"이제 안동 김씨 집안끼리 중앙관직을 나눠먹다 모자라서 지방관직까지 매관매직하니 세상이 망할 징조가 아닌가? 성리학의 이상세계를 구현하려고 새로 세운 조선이라는 나라가 이렇게 타락해서 되겠는가?"

"정말 한심한 세상이야. 지금 안동 김씨의 김좌근, 김병기 집안의 창고에는 금은보화가 쌓여가고 있으나 백성들은 환곡문제로 들고 일어나지를 않는가?"

"말세야. 정말로 말세란 말일세."

"우리가 술만 마시고 취한 가운데 세상을 볼 것이

아니라 안동 김씨 세상을 쓸어버리고 백성들이 압제
와 수탈에 시달리지 않고 살 수 있게 바꾸어 나가야
할 것 아닌가?"

"흥선군, 자네가 좋은 방안이라도 가지고 있는가?"

"조대비마마를 잘 모셔야 하네. 지금은 때가 아니
지만, 우리 세상을 열어갈 수 있는 시대가 곧 올 걸
세. 그 때를 놓치지 않아야 한다네."

"정말 우리 조대비마마께서 힘을 얻는 시대가 도래
할까? 평생을 궁 안에서 한스럽게 살아간 분인데 말
이야."

"좋은 세상이 곧 올 걸로 나는 본다네. 희망을 품으
면 못 이룰 것이 없다네. 조대비께서 궁중에서 발언권
을 잡았을 때 기회를 잘 보아서 기습을 해야 안동 김
씨 60년을 청산할 수 있다네."

"대원군의 뜻을 잘 알았으니 내 힘을 보태드리도록
하겠네. 좋은 묘책을 생각해 두게나. 다만 조심하고
요즘은 목이 붙어 있어도 내 목인가 자주 확인을 해
야 한다네."

"그래 나두 아침에 잠을 깨면 목부터 잡아보는데.
우리 생각이 똑같구만. 허허."

대원군 이하응이 말했던 결정적 시기는 그리 오래되지 않아서 찾아왔다. 여색에 빠져 허리를 쓰지 못하고 보료에만 누워 있던 철종이 젊은 나이에 붕어하신 것이다. 대원군은 은밀하게 왕위 후계 결정 과정에 대한 계획을 조성하를 통해 궁중의 조대비에게 서찰로 전했다. 사실 안동 김씨 집안의 감시가 더욱 철저해진 시기에 목숨을 건 모험이었다. 상가의 개 취급을 받으면서도 모멸감을 이겨내고 있던 이하응은 정치적 야심을 꺾지 않고 기회를 엿보고 있었던 것이다. 이제 궁중에서 조대비가 가장 어른이니 바로 칼을 뽑아 공격을 해야 한다는 요지의 글을 궁중으로 들여보냈던 것이다.

"그래 대원군 이하응의 생각은 묘안이야. 그런데 만약에 실수라도 한다면 우리 가문은 멸문지화를 당할 텐데, 괜찮겠나?"

"대비마마, 우리 가문이 그동안 안동 김씨 가문에 당한 수모가 어떠했습니까? 그것을 생각하면, 대원군과 손을 잡아야 한다고 판단됩니다."

"그러나 과연 대원군을 믿을 수 있는가? 그 사람, 궁도령이라고 놀림을 받고 있다면서?"

"그것은 철저한 위장술입니다. 안동 김씨 집안에 당한 수모는 우리 집안보다도 더합니다. 그래서 복수해야 한다는 생각이 남다릅니다. 또 자신이 권력을 잡으면 우리 풍양 조씨 가문에 모든 것을 의존하겠다고 약조했습니다."

"그래도 사람의 마음은 아!하는 것과 어!하는 것이 다르다네. 내가 궁중에서 잔뼈가 굵어서 아무도 안 믿게 되었다네."

"물론 권력 앞에는 모든 사람이 탐욕적이 된다고 하지만, 평생을 너무도 짓밟혀 살았던 대원군은 좀 다르리라고 생각됩니다."

"정말 그 사람은 다를까? 한번은 의심을 해볼 필요가 있다네."

"대비마마, 잘 알겠습니다. 앞으로 조심해서 살펴보겠습니다."

"뭔가 다른 방안이 없으니 대원군과 손을 잡는 방안을 곰곰이 생각해 보겠네. 하루쯤 지나서 판단을 하고 바로 실천에 옮겨야 한다네. 시간을 놓치면 안동 김씨 가문에서 움직일 테니까."

"네에. 준비를 잘하겠습니다. 대원군에게도 신의를

강조해 두겠습니다. 정치의 기본은 믿음과 신의가 아니겠습니까? 그 동안 철저하게 소외되었던 두 집안이 손을 잡는 방안은 바람직할 것입니다."

조대비에 의해 대원군의 차남 명복이 왕위를 계승하게 되자 수렴청정하던 조대비에 의해 대원군의 시대가 열렸다. 풍양 조씨 조만영의 딸인 신정왕후 조씨는 안동 김씨의 세도정치를 견제하기 위해 새로운 정치세력의 결집을 원했다. 풍양 조씨 세력은 헌종 대에는 안동 김씨와 대립하면서 우위를 점했으나 철종 즉위 후 큰 힘을 발휘하지 못했다. 한을 품고 궁중에서도 무시당하고 있던 조대비는 새로이 정권을 잡기 위해 대원군과 결합을 한 것이다.

"자네는 왕실 출신이니 품위를 지켜 고종을 잘 후원해주기 바라네. 또한 풍양 조씨 집안과 잘 협의하여 개혁정치를 실현시켜 백성들의 삶이 윤택해지도록 노력해 주게나."

"네에. 대비마마의 뜻을 잘 받들어 태평성대를 열 수 있도록 노력하겠습니다."

"자네에 대한 기대가 크니 과거의 외척정치를 멀리하고 민본정치를 펼 수 있도록 세심하게 백성들의 삶을 챙겨야 할 걸세."

"네에. 분부대로 받자옵겠습니다."

고종 초기에 대원군과 조대비는 상당히 밀접한 관계를 유지했다. 수렴청정기간 동안에 조대비는 대원군을 자주 칭찬하는 모습을 보였다. 이후 대원군을 신뢰하여 섭정을 부탁했다. 대원군의 시대가 본격적으로 펼쳐진 것이다. 하지만 대원군 집권 이후에는 조대비와 대원군 사이에는 상당한 견해차를 보이기 시작한다. 결국 고종 10년(1873) 대원군이 실각할 때에 조대비는 국왕 편에 서 있었다.

'천하장안'과 '난초'와 보낸 세월

안동 김씨 집권기에 수많은 수모를 겪었던 대원군은 조대비로부터 어린 고종을 대신하여 수렴청정의 권한을 넘겨받았을 때부터 처신에 조심을 하면서 안동 김씨 집안세력을 견제하기 위한 방안 마련에 몰두하였다. 하지만 워낙 4대 임금에 걸쳐 오랫동안 집권을 하면서 뿌리가 깊었던 안동 김씨의 세도가를 하루아침에 무너뜨리기는 쉽지 않았다. 대원군이 이들과 적대관계를 형성하려던 주요한 이유는 부패의 정도가 극심하고 농민과 상인 등의 백성의 민생을 도탄에 빠지게 하였기 때문이었다. 이들을 청산하지 않고는 개혁정치가 불가능했으므로 칼을 뽑을 준비를 하기 시작했다. 하지만 그러한 상황반전은 쉽지가 않았다. 그래서 첫째 방안으로 종친정치의 불길을 당겨 세도가를 견제하려고 했다. 안동 김씨 세도가를 무너뜨리기 위해서는 민심의 동향을 파악하는 것이 필요했으므로 그러한 척후병으로 모멸의 기간 동안 자신의 술친구로서 옆을 지켜주었던 한량계층이자 일종의 무뢰배로 취급되었던 소위 '천하장안'을 활용했다. 불우한 시대를 보냈던 대원군은 의도적으로 시정의 부랑배와 불평정객들을 자주 만나 막걸리를 마셨다.

"국왕의 외척 세도가들이 왕족을 모두 죽여도 나는 살아남아야 합니다. 나 대원군은 결코 죽지 않을 것이외다."

"대감, 술이 취했어도 말조심하셔야 합니다. 주변의 종친들이 변고를 당한 사람들이 많사옵니다."

"아니야, 오늘은 취한 김에 입바른 소리 좀 해야 하겠어. 정말 너무 하는 것이 아닌가? 탐학도 유분수지. 어떻게 주변 눈치도 보지 않고 백성들을 그렇게 수탈할 수가 있어? 산 속의 늑대나 여우도 약한 동물의 뼛

속까지 훑어 먹지는 않는 법인데 말이야."

"대감, 말 좀 삼가세요. 큰일 납니다요. 대감만이
아니라 우리들도 끌려가서 죽임을 당할 것이외다."

"내가 자네들 앞에서도 말을 하지 못한다면 무슨
재미로 살겠는가? 자네들이 나를 밀고하겠는가? 어이
이 사람들아!"

"대감, 누구도 믿으면 안 되는 세상입니다. 누구도
요."

"그래도 난 자네들 천희연·하정일·장순규·안필
주 네 사람을 철석같이 믿는다네."

"대감께서 허언을 할 수 있는 것도 우리네 같은 서
민이나 무뢰배로 욕먹는 사람들과 친하게 지냈기 때
문입니다. 만약에 저들이 두려워하는 세력이었다면
그냥 놔두었겠어요?"

"그래 맞아. 당장 도정군과 경평군과 같이 말도 안
되는 이유를 붙여 참살했겠지."

"대감께서 실력을 키워야 합니다. 그리고 때를 기
다려야 합니다. 저희들은 대감의 통찰력과 용기를 높
이 사고 있습니다. 대감만이 이 난세를 뚫고 나가 백
성들에게 희망을 줄 수 있습니다."

"정말이야? 나에게 그러한 능력과 기개가 있다고? 잘못 본 것이네. 자네들과 술이나 퍼먹는 주제에 무슨 정사를 돌볼 수 있겠나? 허허. 그냥 술이나 퍼 마시면서 호기나 부리는 것이 좋지."

"대감은 많은 수모를 당해봐서 위기대처능력이 탁월합니다. 그뿐만이 아니라 상황을 반전시킬 수 있는 담력과 지략도 갖추고 있습니다. 그러한 시기가 곧 닥칠 것이외다."

"허허, 술이나 퍼 마시자니까? 술타령은 자네들하고가 최고야. 기생집의 계집보다도 자네들이 더 좋아."

후세에 정치판에서 말하기를 좋아하는 호사가들이 이들 사인방을 '천하장안'이라고 불렀다. 호기를 부리며 어려운 시기에 대원군 옆에서 술친구로서 의리를 지킨 사람들이기에 나중에 긴히 쓰일 인물로 본 것이다.

"대궐로 가서 조대비마마를 만나 뵙고 인사를 드려야 하지 않겠습니까?

"당연히 인사를 하러 입궐해야 하겠어. 언제로 잡는 것이 좋을까?"

"당장이라도 찾아뵈어야 하지 않겠습니까?"

"조성하 대감과 상의를 해보겠소이다."

중도파인 정원용은 안동 김씨 가문의 방해공작을 우려해서 대원군의 입궐을 서두르라고 채근한다. 대원군은 오히려 느긋한 입장이다. 이미 왕위 계승문제는 명복으로 결정이 난 상태이니 그렇게 서두를 필요가 없는 것이다. 만약에 안동 김씨 가문의 영의정 김좌근과 판서 김병기가 어떠한 방해책동을 하면 오히려 그들을 칠 기회가 생기게 될 것이므로 나쁠 것도 없다고 판단했다.

다음날 정원용이 다시 운현궁을 찾아왔다.

"어떻게 원로대신이 누추한 곳을 찾아왔는가?"

"대왕대비마마의 분부를 받잡고 왔습니다."

"무슨 명이라도 받아왔는가?"

대원군은 약간 계면쩍었으나 그래도 예의를 갖추어 말을 건넸다. 정원용도 앞으로의 권력의 실세인 대원군을 자주 만나서 눈도장을 찍어두는 것이 좋겠다는 생각에서 모든 일을 서둘렀다.

"대감의 자제분을 익성군으로 책봉하라는 분부이올시다."

"황공한 명이십니다."

"이어서 사주로 모시게 되어 빨리 서둘러 궁중으로 모시고 오라는 분부이시옵니다."

"알겠소이다."

대왕대비마마의 분부를 여쭙고 온 정원용에게 예의를 갖추어 인사를 하고는 안으로 잠시 들라고 한다. 함께 차를 마시고는 준비를 할 수 있도록 사랑방에서 기다리라고 말한다. 내실로 들어간 대원군은 아내 민씨에게 대왕대비마마의 뜻을 전하고 열두 살 소년인 명복을 불러 공식적인 대비전의 뜻을 전한다.

"상감마마, 축하드리옵니다."

"아버님, 왜 갑자기 허리를 굽히시오니까? 송구스럽습니다."

"이제 아버지로서는 마지막 인사입니다. 궁중에 들어가서는 항상 근신하셔야 하옵고 동서고금의 책을 많이 읽어서 식견을 넓히고, 항상 백성만을 생각하는 성군으로 거듭나셔야 하옵나이다."

"아니 갑자기 뜬금없이 말씀을 하시니 영문을 모르겠습니다. 제가 궁전으로 들어간다는 말은……?"

"네에 오늘부터 궁전으로 들어가셔서 성군으로서의

교육을 받으실 것이옵니다. 얼른 채비를 차려주시기 바라옵나이다."

사실 대원군과 모친 민씨는 감개무량할 뿐이다. 종친이지만 남루한 옷을 입고 식량이 떨어져도 탓할 수도 없었던 한량으로서의 가난한 삶을 살던 남편이 대원군으로서 임금이 된 아들을 데리고 입궐을 하게 되었다니 이 얼마나 광영의 일인가? 하지만 민씨는 홀로 흘러나오는 눈물을 손으로 닦으며 울먹인다. 그동안의 고생이 선하게 떠오르기 때문이었다.

"우리 상감마마, 축하합니다. 오늘이 모친으로서 마지막 인사를 드리는 것이니 유념하시기 바랍니다. 임금이 되시면 여러 권신들이 접근하여 총기를 흐릴 것입니다. 그래도 꿋꿋하게 성총을 흐리시면 아니 되옵니다. 아울러 항상 부모의 정을 잊지 말아야 하옵나이다."

대원군도 아내의 곁에 섰다가 말을 거든다.

"예로부터 조선은 동방예의지국이오니 학발쌍친을 잊으시면 아니되옵니다."

어린 명복은 부모가 당부하는 당연한 말을 이해하지 못하고 눈을 둥그렇게 뜨고 놀란 표정으로 바라본다.

"어머님, 왜 눈물을 보이십니까? 무슨 언짢은 일이라도 계신지요? 아버님, 어머님께서 왜 갑자기 저에게 공대를 하시나이까?"

어린 명복은 분위기를 늦게야 깨닫고 단지 부모를 떠난다는 사실에 마음이 상했다. 또 앞으로는 마음대로 친구들이나 노복과 뛰어놀지 못한다는 말에도 상심했다. 임금이 된다는 것이 고단한 일이겠구나 하는 생각에 망연자실한다. 옆에 서 있는 모친의 재촉에 정신을 차린 명복은 옷을 차려입고 가마에 오른다. 어린 개똥이가 험하고 탈도 많은 궁궐에서 잘 견디어 낼지 걱정스러운 마음으로 빤히 얼굴을 바라본다. 역시 아이라서 명복은 금세 명랑한 표정으로 부모님께 작별의 절을 하려고 한다.

"아니되옵니다. 지존이 사친에게 절을 하는 것은 예법에 어긋납니다. 오늘부터 임금으로서의 체통을 지키셔야 합니다."

오히려 부모들이 앞문까지 나와서 가마를 타고 떠나는 아들을 보고 허리를 굽혀 절을 한다. 두 부모는 명복이 커서 아버지를 버리고 아내 명성왕후 편에 서서 큰 불효를 저지르게 될 것을 전혀 예측하지 못한다. 권력 앞에는 부자지간도 무용지물이 되고 마는 것이다.

"노신이 상감마마를 모시고 궁으로 들어가겠사옵나이다."

정원용은 대원군 부부에게 예를 다하고는 남여(藍輿)를 따라 한참을 걷다가 자신도 가마에 오른다. 어린 명복이 새로운 왕이 되어 궁중으로 들어간다는 소문을 듣고 길 위에는 많은 사람들이 경사스런 사건을 구경을 하려고 몰려나왔다.

"개똥이가 임금이 되다니 하늘의 큰 광영일세!"

"그러게 말이야. 궁하고 비천하다고 생긴 별명인 궁도령의 아들이 임금이 되다니 놀라운 일이야."

백성들이 남녀가 지나가는 길목에서 웅성거린다. 운현궁에서 창덕궁으로 가는 길은 경사스런 장면을 보려고 어느새 사람들로 가득찼다.

"쉬이, 길을 나서라. 임금님, 행차시니라."

아직 정식 임금이 되지 않아서 그런지 경호원이라고 할 수 있는 금영위 병정들이 많이 둘러싸지를 않았다. 명복의 동네 친구들도 멀리서 남녀를 따라가면서 소리를 친다.

"명복아, 아니 개똥아, 너 임금이 되어도 우리를 잊지 말아라. 제기 차던 코찔찔이 친구들 말이야."

"개똥아, 너 임금이 되면 친구들 벼슬도 좀 챙겨라."

얼굴에 흙을 범벅을 하고 놀던 정겨운 친구들 목소리를 듣고도 응대를 못하는 것이 명복에게는 답답했다. 하지만 이제 임금이니까 체통을 지켜야 한다. 무엇보다도 친구들과 부모를 떠나 궁으로 들어가는 것이 섭섭하기도 하고 두렵기도 했다. 기쁨보다도 무서움이 어린 임금의 온몸을 엄습한다.

가마를 내려 만조백관들이 도열하고 있는 길을 걸어서 조대비 앞으로 나아갔다. 조대비는 감격해서 자리에서 내려와 명복의 앞으로 갔다.

"아아! 익종의 대를 이을 내 아들이 왔구나."

조대비의 손을 잡은 명복은 두려움에 몸이 사시나무처럼 떨렸다.

"걱정하지 마라. 이 어미가 너를 돌볼 것이다. 이제 내가 너의 후원자가 될 것이다."

조대비는 명복을 이미 죽은 익종의 양자로 삼아서

왕으로 삼으려는 계획을 만천하에 드러내고 있는 것이다. 영의정 김좌근을 비롯한 안동 김씨 집안의 권신들이 몸을 움츠리고 놀라는 것은 당연지사다. 조대비는 당황해하고 있는 안동 김씨의 세도가 앞에서 예정대로 봉군식을 재빨리 거행한다. 조대비가 명복을 익성군으로 삼은 이유가 분명해졌다.

"이제 새 임금이 들어섰으니 나라의 기강이 바로잡히겠군요. 조대비마마, 경하드리옵니다."

"모든 것이 대왕대비마마의 광영이고 복이옵니다."

궁녀들이 모두들 축하해주니 조대비의 얼굴도 모처럼 환하게 빛이 났다. 그동안 궁중에서 무시되고 골방의 여인으로 낙인 찍혀서 수모를 삭히며 살았던 세월의 보상을 받는 듯했다.

다음 날은 임금의 생부에 대한 예의문제가 조정 중신들 사이에서 논의가 되었다. 조대비와 조성하, 정원영 등은 어린 임금의 아비에게 홍선대원군이라는 칭호를 부여하려고 했다. 영의정 김좌근을 비롯한 안동 김씨 일파는 완곡하게 반대이론을 폈다. 진실은 사실상 대원군의 섭정체제로 들어갈 것에 대한 견제였다.

"관례를 볼 때 생존한 생부에게 대원군의 작위를

부여한 적이 없습니다. 익성군의 생부를 대원군으로
하는 것은 불가하옵니다. 그가 혹시라도 정치에 관여
하게 된다면, 조정이 분란에 빠질 것이 분명합니다.”

"익성군의 생부는 정치에 나서는 것을 두려워하여
일찍부터 난초 그리기와 거문고 타기를 즐기는 풍류
객으로 일관해 왔소이다. 그러니 어린 임금의 생부가
죽기를 기다리고 작호를 내리지 않는다면 후에 성인
임금이 되신 후 큰 곤욕을 치를 것입니다.”

그래도 안동 김씨 사족들은 결사반대를 하였다. 그
래서 조대비는 익성군의 생부를 홍선군이라고 부르기
로 했다. 하지만 종친이나 조정 대신들은 누구 할 것
없이 대원이 대감 또는 대원군이라고 부르기 시작했
다. 오히려 대원군은 역공을 취했다.

"조대비마마, 익성군의 생부의 작호보다도 신왕의
즉위식을 서두르는 것이 급선무이옵나이다. 즉시 즉
위식을 거행하여 주시옵소서!”

조대비는 영의정 김좌근을 불러 즉위식을 서두르라
고 채근을 한다. 조대비 앞에서는 신속하게 즉위식을
거행하겠다고 약속하고는 궁 밖으로 나와서 측근들과
논의할 때는 다른 속내를 드러냈다.

"어린 임금의 즉위식을 서두르면 우리가 스스로 우리의 발등을 찧는 행위입니다. 여러 가지 핑계거리를 만들어 즉위식을 늦춰야 하느니라."

다들 영의정의 의견에 찬동을 하였다. 하지만 조대비의 엄명을 계속 거스를 명분을 찾기가 어려웠다. 결국 얼마 후 기일을 정하고 창덕궁 인정전에서 고종의 즉위식을 거행하게 된다. 드디어 어린 임금은 조선 왕조 제26대 고종임금으로 등극을 하게 된다. 중요한 것은 아직 고종의 나이가 열두 살에 불과했다는 사실이다. 조대비가 수렴청정을 한다고 해도 나이가 많이 들어서 어려운 시국을 끌고 가는데 한계가 있었고 안동 김씨 척족에 둘러싸여 난제를 풀어나갈 지략을 모을 여력도 없었다. 결국 흥선대원군에게 사실상의 섭정을 맡길 수밖에 없었다. 형식은 어린 고종의 친정이라고 정하고 실상 내용은 흥선대원군이 뒤에서 섭정을 하는 정치형태를 취했다. 이날부터 사실상의 대원군의 시대가 도래한 것이다.

"이제 비로소 썩은 세도정치의 곪은 살을 베어 버릴 시기가 왔도다! 파당정치를 끝내고 백성들의 삶의 어려움을 개선하는 민본시대를 열 것이다. 이제 이 대원군에게 국가와 백성을 위해 제대로 봉사할 기회가 찾아 온 것이야!"

아무도 대원군이 혼자서 독백하는 것을 들은 사람이 없었다. 다만 대원이 대감의 측근 중의 측근인 '천하장안'만이 어렴풋이 앞으로의 정치지형도를 짐작할 뿐이었다. 대원군이 안동 김씨 가문의 부패정치와 백성들에 대한 폭압정치의 썩은 살을 도려낼 것이라는 것을 분명하게 인지하고 있었다.

"밖에 장순규 있느냐?"

"네에. 여기 대령하였나이다."

"그래, 오늘 밤 기분도 좋고 출출하니 '천하장안'을 운현궁 사랑방으로 들라 하여라."

"네에, 분부대로 명하겠습니다."

그날 밤 운현궁은 시끌벅적 했다. 대원군의 심복들이 모두 모여서 모처럼 조촐하게 고종임금이 즉위한 것과 대원군의 수렴청정에 대한 축하의 모임을 가졌다. 그동안 대원군이 조대비와 함께 대내외 정치를 논의하느라 시간을 낼 수 없었던 것이다.

"오늘 너희들을 보자고 한 이유는 그 동안 대원이의 술친구로서 생사고락을 함께 한 고마움에 대한 답을 하자는 것이고, 다른 하나는 너희들에게 당부를 하고자 하는 것이 있어서 그런 것이다."

"대원군 대감의 뜻대로 세상이 바뀌어 나가는 것에 대해 감축하고자 합니다. 모두들, 대감께 한잔씩 축하의 잔을 올려라."

천희연이 다른 동료들에게 잔을 올릴 것을 권한다. 모두들 기쁜 표정으로 대감께 잔을 올린다.

"너희들, 잔을 받으니 감개무량하구나. 그동안 음지에 숨어서 숨도 제대로 못 쉬면서 살아왔는데, 이렇게 큰 소리를 내면서 술을 마시니 격세지감을 느끼게 되는구나. 다 같이 한잔 하자꾸나."

"대감어른 축수를 누리면서 백성들을 위한 정치를 해주십시오. 저희들은 그것밖에 더 바랄 것이 없습니다."

"오늘은 다들 취해도 좋으니 마음껏 마셔라. 다만 집에 돌아갈 때는 조용히 소리도 없이 귀가해야 하느니라. 명심하거라."

"네에 분부대로 하겠나이다."

대원이 대감이 자신 있게 마음 속 이야기를 내뱉으며 술을 마시는 모습을 본 적이 없는 네 명의 심복들은 신비롭기만 했다. 이런 날이 올 줄을 누가 예상이나 했을까? 하나같이 유쾌한 기분으로 술잔을 기울인다. 이전에 대원군이 안동 김씨 세도가 집에 일부러 찾아가서 거렁뱅이 대접을 받던 이야기를 화제로 올린다. 다시 한 번 김병기의 집 잔치에 찾아가 보시라고 제안을 한다. 과연 김병기가 그때처럼 '상가의 개 취급'을 하는지 똑똑히 지켜볼 것이라고 말하며 '두고 보자'고 주먹을 불끈 쥔다.

"이제 그런 수모를 다시 당하지는 않을 것이외다. 이제부터 대원이 대감의 시대를 맞았으니 우리가 분풀이를 대신 하겠습니다."

"아니 자네들을 부른 이유도 그러한 실수를 할까봐 미리 보자고 한 것일세."

"대감께서는 그놈들을 그대로 두겠다는 생각이십니까? 그것만은 안됩니다. 백성들의 원성의 소리를 들어 보세요. 그들을 가만히 두고 세상을 바꿀 수 있다고 생각하세요? 에이, 성질이 나서……"

이제껏 가만히 술만 마시던 하정일이 성질이 나서 한마디를 한다. 화가 풀리지 않는지 술을 몇 잔을 한꺼번에 들이킨다.

"오늘 자네들을 부른 이유 중 하나는 너희들에게 직분을 주기 위함이요, 다른 한 가지는 당부를 하기 위함이다."

'천하장안'도 대원군이 강하게 말을 하니까 긴장되어서 술잔을 내려놓고 경청을 한다. 대원군의 표정이 진지하고 매우 강직하다는 느낌을 받는다. 떠들썩하던 분위기가 갑자기 조용해진다.

"지금과는 다른 혁신정치를 해야 한다. 양반사대부 중심이 아니라, 각계각층의 백성들이 모두 오순도순 불만이 없이 사는 세상을 만들고 싶다. 그러자면 썩은 살은 과감하게 도려내야 한다. 또 인재등용에 있어서 차별을 최소화해야 한다. 노론만이 권력을 잡고 안동 김씨만이 득세하는 세상은 위선적인 폐쇄사회인 것이다. 몇몇 집안만의 정치를 하니까 나라는 부패해지고 백성들의 등골은 점차 휘어져 가는 것이다."

"옳습니다. 그러한 정치를 펴시는 것에 대해 찬동을 합니다. 우리들이 손을 맞잡고 밑거름이 되어 드리죠!"

"그렇게 하자꾸나. 뼈가 으스러져도 대원이 대감을 위해 헌신하자!"

대원군은 술이 얼큰한데도 말을 이어간다. 심복들의 결의에 기분은 좋지만 과거보다는 위상이 달라진 만큼 처신에 조심해야 한다는 당부를 하고 싶은 것이다.

"오늘 자네들을 부른 것은 이제부터 과거를 잊고 몸조심을 해야 한다는 점을 당부하려고 하는 목적도 있다. 자네들이 나와 더불어 권력의 핵심으로 나서기 때문에 당연히 별의별 잡동사니들이 접근을 시도할 가능성이 높다. 그러한 날파리들에게 꼬이기 시작하면 자네들만이 아니라 이 대원이 대감도 끝장이 나게 된다는 점을 명심해야 한다."

"잘 알겠습니다. 또한 깊은 뜻을 헤아려 명심하겠습니다."

"또 하나 자네들에게 할 일을 나눠주려고 하네. 권신들의 집안을 잘 감시하여 부패 고리를 찾아내서 끊어야 하며, 중앙에서 지방까지의 연결고리도 차단해야 한다. 그러한 감시의 과정에서 민심의 소재를 파악하여 나한테 보고하는 것도 중요한 임무 중 하나가 될 것이다."

"대감에게 하명하는 일은 무엇이든지 하겠습니다.

백성들을 수탈하는 탐관오리들을 감시하는 것은 저희들의 본분이기 때문에 책임을 지고 열과 성을 다하겠습니다."

"또 우리 주변에 달라붙는 파렴치한 사람들과 접촉하지 않도록 하겠습니다. 우리가 백성들을 괴롭히는 세도가들을 비판하면서 그들과 같은 행동을 해서 되겠습니까? 그런 일은 절대로 없을 것입니다."

"자네들이 그렇게 다짐을 해주니 고맙네. 지금까지는 대원군이 '천하장안과 같은 건달과 어울린다고 빈정거렸는데, 앞으로는 '천하장안' 같은 무뢰배와 결탁해서 나라를 어지럽힌다고 비난할 것이니 처신을 잘하도록 하게나."

"분부, 잘 받들겠습니다."

대원군은 이러한 '천하장안'의 누이들인 상궁들과 궁중 공사청 내시인 이민화를 국왕과 왕비전의 동정과 출입왕래인들의 모습을 보고받는 정보통으로 활용했다. 또 전국의 아전들도 사조직으로 활용했으며 예술가들과도 화통하게 지냈다. 대원군의 인사정책 중 중요한 것 하나는 중인계층을 기간조직으로 챙겼다는 점이다. 중앙행정관사인 6조 각사에도 개인조직이 있

었다. 형조집리 오도영·호조집리 김완조·김석준·
병조집리 박봉래·이조집리 이계환·예조집리 장신
영·의정부 팔도집리 윤광석 등이 그들이며, 지방 행
정관사에도 개인적인 사조직이 존재했다. 전라 감영
의 백낙서와 낙필 형제, 경상 감영의 서은로 같은 향
리를 들 수 있다. 이들은 상관의 견책과 파면에도 관
여할 정도로 세력이 강했다. 보부상 조직도 대원군의
중요 하부조직이었다. 이들은 중앙권력의 하수인으로
서 통신 전달 업무는 물론 군대에 군자와 식량을 조
달하거나 위급 시에는 그들 자신이 병력으로서 직접
보충되기도 했다. 예능인으로서는 신재효와 시조창의
안민영이 대원군 홍보의 나팔수 역할을 했다.

  '천하장안'을 만난 후 얼마 지나지 않아서 대원군은
안동 김씨 가문 사람 중에서 원만한 성격을 지니고,
모나지 않는 행동을 하는 김병학의 집을 밤중에 찾아
갔다. 물론 천하의 안동 김씨 세도시대에도 김병학만
큼은 종친인 흥선군을 홀대하지 않고 몰래 술값을 대
주고 자금도 마련해주곤 했었다. 김병학은 생각도 깊
고 마음도 넉넉한 사람이었다.

  "어인 일로 한밤중에 불쑥 찾아오셨습니까?"

"대감이 보고 싶어서 찾아왔지요?"

"농담도 잘하십니다. 용무가 있다면 벌건 대낮에 찾아오셨겠지요. 따로 이 늦은 밤에 찾아온 이유가 있겠지요? 무슨 상의할 일이라도 계신 것인지요?"

"하하. 눈치도 빠르시네요? 대감과 긴히 상의할 안건이 있어서 찾아왔소이다."

"안으로 들어가시지요? 그래 용건이 무엇인지요?"

시종이 가져온 술상을 앞에 놓고 두 대감은 머리를 맞댄다. 술잔이 몇 배 돌아가자 한동안 말이 없던 대원군이 신중하게 입을 뗀다.

"지금 조정을 이끌고 갈 파벌을 초월한 인물 중심으로 구성을 하고 있소이다. 중요한 것은 지금까지의 관례를 깨는 파격적인 인재등용을 할 것이고, 반상의 차이도 허물려고 합니다."

"대감의 개혁적인 인사개편의 취지는 이해를 합니다. 하지만 처음부터 분란을 일으키면 지배층인 관료들과 유림들의 반발을 사서 정치 자체를 할 수 없게 됩니다. 따라서 완급조절을 하여 서서히 단계적으로 조치를 해 나가심이 어떨런지요?"

"대감의 신중론을 모르는 바는 아니오. 하지만 부

패한 독초를 처음부터 뽑아버리지 않는다면, 신선한 정치 자체가 불가능하게 될 것이오. 대감께 상의를 드리려고 하는 것은 대감께서 과감한 개혁안에 찬동을 해주시고 완충역할도 맡아달라는 부탁도 드리려고 하는 것입니다."

"허나…… 급하게 하면 탈이 나는 법입니다. 대감의 결단력과 과단성을 모르는 바는 아니지만, 밀고 가는 자도 필요할 것이고 수습하는 자도 있어야 할 것입니다."

"그래서 대감을 이 밤중에 찾아온 것이 아니겠소?"

"허허 이 못난 사람이 개혁정치에 도움이 될 수 있을는지요?"

"대감께서 좌의정을 맡아 원만한 정치를 이끌어주세요. 파벌정치를 벗어나 노론·소론과 남인·북인을 골고루 등용할 생각이외다. 인재가 있다면 중인계층과 상놈, 서얼계층이라도 과감하게 발탁하려고 합니다."

김병학은 안동 김씨 집안인데도 불구하고 자신을 후대해 주는데 대해 내심 고마운 생각이 들었다. 또 첫 조각에서 자신에게 좌의정을 제안하고 수습의 중책을 맡아달라고 하는데 대해서도 감격을 했다. 대원군은 김병학에 대한 의리와 신뢰를 지켜서 나중에 그를 영의정으로 영전을 시킨다.

"남인파의 유후조가 우의정의 중책을 맡았다네. 이럴 수가 있는가?"

대원군은 명복이 대궐로 들어간 지 삼년 만에 명복의 친정이라는 핑계로 섭정을 하면서 조정의 조각을 비롯하여 천하를 마음대로 주물럭거렸다. 처음 조각에서는 영의정 조두순·좌의정 김병학·우의정 유후조를 썼다. 또 다른 조각에서는 북인의 임백경을 우의정으로 발탁하여 모두를 놀라게 했다. 또 그 다음에는 남인의 한계원과 북인의 강로를 우의정, 좌의정으로 동시에 기용하기도 했다. 노론일색의 정치에서 파당정치를 허무는 인재등용을 과감하게 하여 많은 선비들에게 용기를 주었다.

"아니 이장렴을 금위대장에 앉혔다면서? 자신에게 칼을 들이대면 어쩌려고 그러한 임명을 했을까?"

"고려왕실의 후손인 왕정양을 참판에 기용하다니? 그것도 서북인을 요직에 임명을 했단 말인가?"

대원군의 인사는 과감했고 파격적이었다. 자신에게 반감을 가졌던 이장렴을 자신의 사람으로 만들어 금위대장에 앉힌 인사는 두고두고 회자되었으며 서북인인 왕정양을 쓴 것도 개혁적이었다.

"대원군은 뱃심 하나는 대단하군 그래. 과단성이 있어 시원하고 좋아. 기대되는 바가 매우 크다네."

안동 김씨 천하의 노론일색 정치만 보다가 대원군의 탕평책을 보자 눈이 휘둥그레졌다. 대원군의 과단성 있는 인재등용은 여기에서 멈추지 않았다. 아전·평민·천민 중에서도 능력이 있으면 과감하게 기용을 했다. 대원군의 방랑시절에 아꼈던 궁녀의 오빠들인 천희연·하정일·장순규·안필주 뿐만이 아니라 이속인 이승업·유재소·윤광석·환관 이민화 등 20여 명을 혁신적으로 등용했다.

"대원군 치하에선 상놈과 아전계층도 살판났네."

대원군의 개혁정치는 인재등용에서만 머물지 않았다. 양반 사대부계층의 요람이었던 서원을 철폐해 버렸다.

"대원군은 폭군이야! 공부하는 선비를 탄압하고 학문의 자유와 비판의 기회도 박탈하는 진시황 같은 존재다."

"각종 금전과 재물을 수탈하는 서원의 패악을 없애

버리니 백성들의 휜 허리가 다시 펴지겠구나. 대원군의 정치는 기대되는 바가 매우 크다네."

서로 상반되는 목소리가 나왔다. 평민과 천민으로 구성된 백성들은 쌍수를 들어 환영했으나 지배계층인 양반계층과 세도가들은 자신들의 밥줄이 끊어져서 조상들의 제사도 못 지내게 되었다고 아우성을 쳤으며 지방에서 올라와 대궐 앞에서 연좌시위를 감행했다. 서원을 유지하려고 평민들에게 각종 세금을 매겨서 그들을 빈곤의 늪으로 몰아세운 것에 대해 철퇴를 가한 것이다. 여기에서 멈추지 않고 대원군은 호포제를 도입하여 평민에게만 부여하던 세금과 부역을 양반에게도 물리게 하였다. 각 지방의 유림들의 상소문이 대궐에 쌓여만 갔으나 '천하장안'으로부터 백성들로부터의 여론을 듣고 있던 대원군은 눈 하나 까딱하지 않았다.

"서원을 철폐하는 것은 학문에 대한 탄압일 뿐만 아니라 교육기관을 없애 조선을 미개의 나라로 만들려는 책략이다."

"임금은 무모한 대원군을 하야시켜라!"

대원군은 군사들을 동원하여 지방에서 시위하러 올

라온 삼남의 유림대표들을 모조리 잡아서 한강 이남으로 쫓아버렸다. 아울러 국가에서 각 서원에 내렸던 토지를 몰수해 버렸다. 사실 대원군이 서원에 대해 악감을 가진 것은 안동 김씨를 비롯한 세도정치를 쓸어버리겠다는 뜻도 있지만, 낭인 시절 화양동 서원에 가서 당한 수모와도 관련이 있었다. 청주의 화양동 서원은 우암 송시열의 유지를 받들어 명말의 신종, 의종을 추모하기 위해 세운 것이다. 묵패라는 것을 발행하여 보내면 지방관아든지 백성이든지 간에 땅을 팔아서라도 기부를 하지 않으면 서원 마당에 끌려가 장을 맞거나 주리를 트는 고문을 당하는 일이 비일비재했다. 대원군은 화양동 서원에서 제사를 지내는 것을 구경하러 갔다가 뺨까지 맞았던 안 좋은 경험이 있었다. 날씨가 더워서 무심코 손에 부채를 들고 계단을 올랐다가 유생들에게 멱살을 잡히고 끌어 내려졌던 것이다.

"불경한 네놈은 누구냐? 신분과 이름을 대라!"

"여기가 어디라고 감히 부채를 들고 오르려고 했느냐?"

"저는 성명이라고 댈 것이 없는 변변치 못한 사람

이외다. 한양에서 서원의 제향을 구경 왔습니다."

"성현의 제향을 지낼 땐 경건하게 참배해야 하는 것도 모르느냐"

유생은 갑자기 대원군의 뺨을 후려쳤다. 그는 종친 신분에 개망신이라 분노를 삼키고 신분을 속인 채 피신하듯 그곳을 도망쳐 나왔다.

"이러한 수모와 모멸감을 평생에 잊지 않을 것이다. 서원이란 곳이 성현들의 제향을 지내고 교육기관으로서 좋은 곳인 줄 알았더니 형식에만 매달리고 백성들의 고혈만을 짜내는 곳이었구나."

홍선대원군은 조선 후기 통치질서의 문란으로 발생한 양반토호, 서리관료들에 의한 양민수탈과 사사로운 형벌의 자행으로 인한 일반 백성들의 기본권 침해를 엄금하고 이에 역행하는 자를 엄단했다. 또 사치스런 습속을 간소화하고 일상용구인 장죽·장승·대립·신발·의복과 서신용지에 이르기까지 각자의 품계와 신분에 따라 엄격하게 제한하였다. 또 허례허식을 금하고 검소한 생활기풍을 진작시켰다. 특히 중앙과 지방 관리들의 가렴주구를 근절하고 토호들의 탐학 기풍을 엄하게 통제했다. 백성들은 점차 대원군의 정치에 매료되기 시작했다. 양반계층은 걱정스러운 눈빛으로 바라보고 서민계층은 기대의 찬사를 보냈다. 이러한 민심의 동향은 '천하장안'을 통해서 저자거리에서 주로 파악하였다.

"대원군이 안동 김씨 세도가를 모조리 축출하고 죽이려는 모양이야!"

"노론은 씨도 말릴 작정인지 제도혁파를 핑계로 모두 몰아내고 있다네."

"문반을 쫓아내고 그 자리에 무반으로 채우려는 생각이야."

"아니 중인, 아전들과 정치를 할 속셈인가?"

하지만 지배계층의 저항도 만만치 않았다. 대원군은 국가보존의 중책을 수행하던 비변사를 없애고 의정부로 환원시켰다. 그동안 비변사가 장악하고 있던 군대지휘권을 삼군부에 귀속시켰다. 국방의 요새지였던 강화부를 진무영으로 승격시키고 특별정예군인 별요군도 격상시켰으며 한성의 방위의 요새지인 양화진에 포대를 구축하기도 하였다. 본래 의정부는 조선 초기 이래로 6조를 통괄하는 최고관료 기관이자 권력기구였다. 그러나 선조 때 변방 수비 목적으로 설치된 비변사가 세도정치기에 와서는 그 권한을 확대시켜 나가 군령기관 본연의 성격을 넘어서서 정무기능까지 관할하는 세도정권의 핵심이 되었다. 대원군은 비변사의 권한을 본격적으로 축소시키기 위해 인사개편을 단행하였다, 고종 1년 11월 비변사의 당상들이 차대에 불참했다는 이유를 들어 전기세·김대근·김병교·윤치정·이유·김병덕·신석회·김병주·이유응·김보현·김병지 등 비변사 당상 12인을 파직시키는 가치박탈을 통한 강제를 시도했다. 비변사 당상에 새로 임명된 자는 이희동·이경순·신관호 등 모두 무반이었다. 무반에게는 자신들의 인사권을 장악하는 병조판서에도 임명될 수 있다는 희망을 주었다. 전광석화와도 같은 획기적인 인사개편이었다.

"축하하네. 세상이 확 바뀔 것 같군. 남인과 북인까지 등용하고, 무반에게도 기회를 주시니 탕평책도 이런 탕평책이 없지 않나?"

"중인, 아전계층 중에 청렴한 사람들을 등용하고 스스로 자정노력을 하게 하는 동시에 탐욕스러운 지방관장들을 감시하거나 제거하려고 하니 백성들에 대한 수탈이 줄어들 것만은 분명해 보이네."

"아마 백성들의 숙원을 풀어주려는 의도로 보이네. 문제는 기존세력의 저항을 어떻게 막아 갈 것인가 하는 여부야."

과감한 대원군의 인사정책에 안동 김씨 세도정치로 부패하고 모순된 사회에 등을 돌렸던 백성들이 찬사를 보냈다. 또 대원군은 조선 왕조의 법전의 근간인 『경국대전』을 개수하여 영의정 조두순으로 하여금 『경국전』과 『속대전』, 그리고 정조임금 때 만들어 반포된 법전을 통합하여 『대전통편』을 만들었고, 순조·헌종·철종 대에 수교된 사실들과 누락된 사례를 모아 『대전회통』을 간행하여 제 법전을 정비했다. 이러한 개혁정책을 시행하는 가운데 엄청난 지배계층의 저항을 받았으나 그는 뚝심 있게 밀고 나갔다.

"대원군은 남양의 윤관영이 240여 석의 대동미를 착복한 사실이 드러나자 참형에 처해 버렸어. 그의 직속상관인 수령 이지겸도 파직했거든. 1천 석 이상을 횡령한 자는 효수형에 처하고 200~900석은 유배를 보낼 정도로 백성들을 괴롭히는 탐관오리들을 척결하려고 노력했어."

"누구나 공과가 동시에 있는 법이야. 초기의 대원

군은 조선을 정말로 사랑했고, 무엇인가 개혁하려고 노력했어."

"그뿐만이 아니라 그는 도매상인의 횡포와 폭리를 엄단하는 경제정책을 펴서 백성들의 삶을 안정시키는 데 주력했어. 경복궁 재건사업을 펼치면서 좌의정 김병학이 제안한 당백전만 주조하지 않았다면 조선조 후기의 재정의 일대 쇄신이 가능했을 텐데 아쉬움이 남거든."

"당백전을 발행한 것은 큰 과오였다고 할 수 있지……."

양반 사대부계층의 일부 지식인들도 대원군의 재정정책과 경제정책을 인정하는 편이었다. 하지만 순조부터 철종까지 3대에 걸쳐 집권한 안동 김씨 집안의 세도정치의 여파는 매우 컸으며 그들의 저항은 대원군 10년 집권 동안에 집요하게 파고들었다.

"종친이란 것이 무슨 죄인가? 숨도 제대로 쉴 수 없으니 사람 사는 것이 아니지 않은가? 그래도 살아남아야 한다. 오늘도 붓을 들자, 붓을 들어서 마음을 안정시켜야 한다."

"대감님, 벼루와 물을 올려드릴까요?"

"그래 오늘도 난이나 그리면서 소일해야지."

"먼저 대야에 물부터 들이도록 해라. 난초를 칠 때는 먼저 몸과 마음을 간결하게 다듬어야 하느니라."

이하응은 손을 먼저 깨끗하게 씻고, 무릎을 꿇고 앉아 정신을 한 곳으로 모았다. 한참 후에야 먹을 갈기 시작했다. 대원군은 안동 김씨 집권기간 중에 종친으로서 살아가는 것이 쉽지 않았다. 암살 위협 등 생존자체가 힘든 어려운 시기였으므로 자신의 기를 누르고 분노를 다스리려는 목적으로 묵란화를 그렸다. 대원군의 난초 그리는 솜씨는 화가 못지 않게 대단한 수준이었다. 그 외에도 그는 시조창을 부르거나 거문고를 뜯는 생활을 즐겨했다. 동시대의 화가뿐만이 아니라 위항 시인들과도 교유하며 그들의 창작활동을 후원했다. 풍류생활을 즐긴 그는 음악을 애호하는 가객들을 가까이 두고서 교유를 했다. 만리장성 집이라고 불리는 칠송정을 중심으로 한 '칠송정시사'의 위항 시인들을 이끌었던 서리시인 조기완을 좋아했고, 이곳에서 서리 시조작가 박효관·안민영·김윤석·하규일 등과 만나 친하게 지내며 그들이 『가곡원류』를 편찬하는데 물심양면으로 도움을 주었다. 또 운현궁에서도 박효관 등의 가객들과 더불어 풍류를 즐기며 소일했고, 장안의 명기 명창들이 항상 대령하고 있었다.

"추사 선생님을 뵈니 감개무량합니다."

"아니 합하께서 웬 일이십니까? 누추한 이곳을 다 찾아주시니 햇볕이 비로소 드는 듯 싶소이다."

"홀로 난을 그리다가 선생님의 꾸중을 들으려고 멀리서 찾아왔습니다. 많이 서툴지만, 다듬어서 제자리를 잡을 수 있도록 지도해 주십시오."

꼬장꼬장한 추사 김정희의 삶은 안동 김씨 집안의 세도정치 밑에서 쉽지가 않았다. 실학사상에 젖어 있던 그는 제주도 유배를 다녀온 지 불과 3년 만에 친구 권돈인의 일에 연루되어 다시 함경도 북청으로 유배를 갔다. 북청에서 해배된 후에는 부친의 묘소가 있는 과천에 묵었다. 추사의 나이 벌써 68세였다. 1856년 추사가 71세로 눈을 감을 때까지 과천에서 난초를 그리면서 세월을 보냈다. 이하응 대원군은 이 무렵 과천을 찾아가 추사를 만났다.

"합하가 보낸 서신과 난초 그림을 잘 보았소이다. 대단한 솜씨입니다."

"추사 선생님, 그런 과찬의 말씀을 하시다니요. 형편없는 졸작을 어떻게?"

"아니오. 그냥 과장해서 드린 말씀이 아니오."

"과천으로 자주 찾아뵈올 것이오니 많이 꾸짖어 주시옵소서."

"선생이라고 다 그림을 잘 그리는 것은 아니올시다. 난초 잎을 그리는 붓의 끝에 힘이 있소이다."

"열심히 정성을 다해 붓을 잡았을 따름이옵니다."

이하응은 선생의 평가에 용기를 얻었다. 수묵화라고 해도 실제로는 자신의 시련의 삶이 용해되어 있는 정도이지 제대로 예술적인 흥취가 우아하게 배어있는 것은 아니었기 때문이다. 추사 선생으로부터 예술적 아취가 담긴 난초 치기를 배우기를 바라면서 먼 길을 한걸음에 달려왔던 것이다. 이하응은 미리 북청에 있던 추사에게 서신과 함께 난첩을 보내서 평을 듣고 싶어 했었다.

보내주신 난폭에 대해서는 이 노부도 의당 손을 오무려야 하겠습니다. 압록강 동쪽에는 이 작품만한 것이 없습니다. 그러나 이는 내가 좋아하는 이에게 면전에 아첨하는 하나의 꾸밈 말이 아닙니다. 옛날 이장형에게 이 법이 있었는데, 지금 다시 그것을 보게 되었으니 어쩌면 그리도 이상하단 말입니까. 합하께서도 스스로 이 법이 여기에서 나온 것임을 몰랐으니, 이것이 바로 저절로 합치되는 묘입니다.

(『완당전집』권2, 「여석파」 5)

이하응은 김정희가 제주도 유배에서 돌아온 시기인 그의 나이 30세 무렵에 직접 만나 사란과 서법을 통해 사사받기 시작한 것으로 보인다. 그러나 그것도 잠시일 뿐 김정희는 다시 북청으로 유배를 간다. 이후 김정희에 대한 사면이 이루어지자 스승의 해배를 간절하게 기다리던 이하응은 김정희에게 가장 먼저 해배소식을 전했다. 그로부터 생을 마감한 71세(1856)까지 과천에서 머물렀던 김정희를 찾아가 34세의 이하응은 묵란과 서법을 사사받게 된다. 이하응은 추사로부터 난화만 배운 것이 아니라 실학사상과 시무의 학을 배웠다. 나중에 집권한 초기 대원군이 안동 김씨의 세도가들을 숙청하고 백성들의 삶에 기반한 정치를 펼친 배경에는 스승의 그림자가 자리잡고 있었던 것이다. 사실 추사와 대원군은 가계에 있어서 밀접한 관런을 맺고 있었다. 김정희가 영조의 장녀 화순옹주의 증손이었고, 이하응은 영조의 현손인 남연군의 아들이었기 때문에 이들은 서로 내외종간의 먼 친척이었다. 총 14면으로 된, 이하응이 32세 무렵에 그린『묵란첩』은 김정희의『난맹첩』을 바탕으로 한 것이기 때문에 화풍 면에서 기본적으로 일치한다. 사실 난의 종류는 한 줄기에 한송이 꽃이 피는 춘란과 한 줄기에 많은 꽃이 피는 혜란으로 구분된다. 춘란계에는 중국 춘란·한국 춘란·대만 춘란·일본 춘란이 있으며, 혜란계에는 금릉변란·건란·소심란·한란 등이 있다. 이중에서 묵란화의 대상이 되는 것은 주로 춘란과 건란, 그리고 소심란인데, 이하응의 묵란화가 그 중에서 유명했다. 이하응은 묵란화 등의 그림에 석파라는 호를 많이 사용했다. 그 외에도 운와도인·유극도인·노오초인(老梧樵人)·석파한인·난농도인·노석도인·노석·한석도인(閒石道人) 등의 호를 사용했다. 이하응이 호에 '석'을 사용한 이유는 추사를 중심으로 한 문사들 사이에서 유행했던 '애석' 사상의 영향과 확고부동한 선비의 '지조'의 상징과 관련성이 있는 것으로 생각된다. 이하응이 말년인 72세에 그린 <석란화>에서 심산유곡에 자리잡은 괴석을 난초와 함께 그리고 있는 데에서도 그가 얼마나 '석'을 사랑했는지 알 수 있다. 이하응의 석란화에서는 곡선적이고 연약하며 부드러운 난과 직선적이고 강건하고 진한 색채의 태호석(중국 강소성 태호에 있는 서동정도의 물밑에서 생산된 돌)이 상호 대비를 이루며 회화적인 성취를 이루고 있다.

"묵란화의 창작에서 무엇을 가장 중요하게 생각합니까?"

가까운 문사들이 대원군에게 묵란화의 기법에 대해 물으면 그는 바로 다음과 같이 답을 했다.

"묵란화에서는 '운의'가 가장 중요하다네. 또 내면에서 일어나는 '홍'을 끌어와야 좋은 작품이 이루어진다네."

운의(韻意)는 조화와 격조를 추구하는 한결 온유한 가치관을 말하고 '홍'은 '희(喜)'와 같은 것으로 일종의 예술충동이라고 볼 수 있다. 그의 스승 김정희가 묵란화에 있어서 개성적인 화풍을 추구하며 묵란화 창작에서의 중요한 가치 기준으로서 '기(奇)'를 제시한 데 비해 '운의'를 강조했다는 것은 스승을 뛰어넘어 나름

대로의 서법을 찾기 시작했음을 의미한다.

"그러면 왜 난을 주로 그리는 것이지요?"

"내가 난을 그리는 것은 천하의 수고로운 사람을 위로하기 위함이지 천하의 안락을 누리는 사람에게 바치려는 것이 아니라오."

석파 이하응은 그림을 통해 유교적 전통사회에서 지향하는 이상적 인간상인 군자의 삶을 추구했으며, 동시에 정신적인 삶을 지향하는 이에게 위로가 되게 하고자 하는 근대적 예술관을 가지고 있었음을 알 수 있다.

"많이 사용하는 '사구인(詞句印)'으로는 무엇이 있사오니까?"

"전에는 학문이나 독서에 관해서 많이 썼으나, 요즘에는 자연에 관한 것을 많이 담는 편이오. 예를 들면, '월락강횡(月落江橫, 달은 지고 강이 가로놓였다)', '연하세계(煙霞世界)', '송월위담병 편석위청도(松月爲談柄 片石爲聽徒), 운수반시 포식안면(運水搬柴 飽食安眠)' 등이 있지요."

이하응이 묵란화에 많이 담는 사구인의 내용에는 꽃향기, 달그림자와 같이 자연의 아름다움을 표현한 것과 나무와 달을 이야깃거리로 삼고, 조각돌을 청중으로 삼아 자연에 동화되어 살고자 하는 바람을 담고 있다. 동시에 '운수반시 포식안면(물과 땔감을 나르고 배부르게 먹고 편안하게 잔다)'에 잘 담겨 있다시피, 담담하고 소박한 도가적 삶을 추구했던 것으로 짐작된다.

"또 '수성숙덕 시급자손(修成淑德 施及子孫)'이나 '위선최락(爲善最樂)'도 많이 쓰고 있지요. 그것은 유교에서의 수기(修己)와 치인(治人)의 자세가 얼마나 중요한가를 강조하기 위함이외다."

경복궁을 중건하고 천애 고아
민자영을 왕비로 책봉하다

　　대원군은 검소한 것을 좋아했다. 모든 것을 절제하고 연회도 호화로운 것을 피했다. 술도 막걸리를 즐겼고 기생의 춤과 연주를 즐기기보다는 자신이 조용히 거문고를 타고 시조창을 읊조리며 담소를 나누기를 좋아했다. 하지만 왕실의 권위를 회복하는 일에는 발 벗고 나섰다. 커다란 정치적 포부를 펼치고 아들 고종이 새로 들어앉을 웅장한 왕국에서 편안하게 정치를 하게 되기를 희망했다. 조선 건국 때에 지어졌으나 임진왜란 때 불탄 후 치욕의 흔적으로 남아 있는 폐허

상태를 재건하고 싶어 했다.

"내가 집권하는 동안 경복궁만큼은 훌륭하게 재건하고 싶네."

대원군은 김병학을 만나 경복궁 재건의 포부를 말하고 협조를 부탁했다.

"합하, 시기상조로 보입니다. 궁궐의 건축에는 막대한 재정이 요구됩니다. 자재와 인력공급도 여의치 못할 것이외다. 백성들에게 고통이 주어질 것이므로 조정 중신들의 의견을 물어봐야 할 듯 보입니다."

"어려운 일이기는 하나, 조선의 중흥을 위해서는 왕실의 상징인 경복궁만큼은 성대하게 지어야 할 것이네. 청나라 궁궐, '자금성'에 대해서 외교대신들의 이야기를 들어보았는가? 엄청난 규모로 청나라의 위대함을 과시하고 있지를 않는가? 대국인 청나라만큼은 아니되겠지만, 우리나라의 위신을 세울 만큼의 규모는 자랑해야 하지 않겠는가?"

"지금 국가의 재정도 바닥난 상태이고 백성들의 생활도 말이 아닙니다. 이러한 상태에서 거대한 역사를 시작하는 것은 무리입니다. 만약에 큰 공사를 시작했다가 자금이 모자라 중도에서 중단하게 되면, 왕실의 수치가 될 것입니다."

김병학은 운현궁을 물러나서 궁으로 가서 조정대신
들을 소집했다. 삼삼오오 모여든 대신들은 수군대기
시작했다.

"조정 중신들에게 대역사에 대한 안건에 대해 의견
을 묻고자 합니다. 경복궁은 임진왜란 때 불탄 상태로
방치되어 호랑이가 놀고 산짐승이 드나드는 흉터로
남아 있소이다. 조선의 부흥을 위해 경복궁을 다시 재
건하려고 하오니 조정대신들은 기탄없이 의견을 내시
기 바라네."

좌의정이 일어나 의견을 말한다.

"조선을 중흥하고자 하는 뜻에는 동의를 합니다.
하지만 지금 시기에 큰 역사를 시작하는 것에는 반대
를 합니다. 우선 국가의 재정이 열악한 상태입니다.
백성들의 삶도 피폐합니다. 무리가 뒤따르는 사업입
니다."

"옳소. 지금 시기에 궁궐을 건축하자는 것은 국가
의 재정을 고갈시키는 위험한 발상입니다. 좀 더 시기
를 늦추고 관망하는 편이 나을 듯 생각되옵니다."

조정대신들의 중론은 반대일색이었다. 김병학은 곧

란한 상태에 빠졌다. 대원군의 입장을 잘 알고 있는 그로서는 진퇴양난의 길목에 서게 된 것이다. 하지만 가감 없이 조정대신들의 뜻을 대원군에게 전했다. 그 시간에 대원군은 조대비를 만나고 있었다.

"대왕대비마마, 중요하게 상의할 안건이 있어서 찾아왔습니다."

"대원군, 어서 오시오 무슨 큰일이라도 있소이까?"

"왕실의 권위를 찾고 대왕대비마마께서 말년을 편안하게 보내셔야 하는 뜻에서 폐허상태인 경복궁을 새로 지으려고 합니다. 원래 창덕궁은 경복궁이 소실된 후에 임시로 살기 위해 지은 가궁에 지나지 않습니다. 조선의 번영을 눈앞에 둔 지금 왕실의 위엄을 보이고 백성들에게 자긍심을 부여하기 위해서도 경복궁의 복원은 시급하나이다. 특히 외국 사신들에게 조선의 위신을 세워야 할 때입니다. 일개 대신의 집도 호사스럽고 규모가 큰데 한 나라의 왕궁이 이렇게 초라해서 되겠습니까? 대왕대비마마께서도 청나라를 다녀온 대신들의 말씀을 자주 들었을 것입니다. 그 궁궐의 규모가 방대해서 입구를 들어서면 길을 잃기가 십상이라는 말씀을 들었을 것이옵니다. 이제 폐허상태로 더 이상 둘 수 없는 경복궁을 재건하는 것은 시급한 국가적 과제입니다."

조대비는 재정이 걱정스러웠지만, 왕실의 권위를 되찾자는 말과 자신이 살집을 크게 지어준다는 말에 호감을 느껴 대원군의 제안을 긍정적으로 받아들였다.

"대원군의 생각대로 추진해 보세요! 다만 국가 재정의 상태를 살피고 백성들의 원성을 살 일은 없는지 확인부터 하고 역사를 시작하세요."

"황공무지로소이다. 대비마마의 뜻을 잘 받들어 여러 가지 살펴본 후에 일을 시작하겠습니다."

대비전을 나온 대원군은 좌의정 김병학을 만나 조대비의 뜻을 전하면서 여러 대신들에게 소문이 퍼져 나가게 되길 고대했다. 또 운현궁에서 돌아오자마자 '천하장안'을 불러 모았다. 그리고 푸른 돌에 한문이 새겨진 것을 전하면서 은밀하게 어디에 파묻을 것인가를 지시했다. 무식한 그들은 글의 내용을 몰라 궁금해했다. 무슨 주문에 해당되겠지 생각하면서 대원이 대감의 지시대로 땅에 파묻었다. 며칠 뒤 창덕궁 의정부의 청사를 수리하면서 땅 속에서 푸른빛의 돌멩이가 두 개나 발굴되었다. 인부들은 흙을 털어내면서 그

돌을 공사 책임자에게 갖다 바쳤다.

"땅 속에서 푸른빛을 띠는 신기한 돌덩이가 나왔습니다. 여기에 새겨진 뜻이 무엇인지 궁금합니다. 혹무슨 주문이라도 되는지요?"

공사 책임자는 조정의 당상관에게 청석을 들고 가서 해독을 부탁했다.

癸末甲元 新王雖登 國嗣又絶 可不懼哉

景福宮殿 更爲 寶座移定 聖者神孫 繼續承承 國祚更延 人民富盛

東方老人秘訣 看此不告 東國逆賊

계해년 말에서 갑자년 초에 걸쳐서 새 임금이 등극하더라도

나라를 이을 자손이 또 끊어질 운수이기에 어찌 송구스럽지 않겠는가

그러나 경복궁을 다시 짓고 보좌를 옮기면

성자신손이 대를 이어 번성해서 나라의 경사가 무궁하고 백성이 부성하리라.

이 글은 동방노인의 예언적 비결이라. 만일 이 비결을

보고도 이대로 아뢰고 실행하지 않으면 나라의 역적이 될
것이다.

　비결을 번역해 본 당상관은 놀라서 대궐의 임금에
게 갖다 바치면서 아뢰었다.
　"경복궁을 바로 짓지 않으면 나라가 망한다는 비결
이 돌에 새겨진 채 나왔습니다."
　조정대신들은 대원군의 술책일 것으로 의심을 했으
나 마땅한 증거가 없으므로 겉으로 말을 꺼낼 수가
없었다. 하지만 백성들 사이에서는 비상한 호기심을
일으키면서 퍼져 나갔다. 구중궁궐의 조대비도 백성
들 사이에 퍼져 다니는 비결에 관한 이야기를 상궁에
게서 전해 듣고서 신기하게 생각했다. 조대비는 고종
2년 전·현임 대신들을 희정당에 모으고 경복궁 재건
에 대한 회의를 주재했다. 그동안 경복궁 재건에 반대
해온 이유원과 물러난 영의정 김좌근도 참석했다.
　"조선 건국 초 지어진 경복궁이 왜구의 손에 불탄
지 무려 이백 년이나 되었건만 폐허상태에서 그대로
방치해 두었으니 조상에 누가 되고 백성들에게도 위
신이 서지를 않았소이다. 선대에 여러 차례 논의는 있

었으나 역사를 일으키지 못했으나 이제 조정에 대원
군이라는 중심축이 있으니 경들은 그와 상의해서 경
복궁을 훌륭하게 복원시키도록 하세요."

"조정대신들도 모두 경복궁의 재건에 찬동하나이
다. 다만 재정상태가 열악하고 백성들의 삶이 피폐하
니 그것이 걱정이옵나이다."

"나도 그것을 잘 알고 있소이다. 재정과 부역동원
문제 등은 대원군과 잘 상의하여 결정하도록 하시오."

이 때 원로 중신인 정원용이 대원군과 상의해서 결
정하자고 제안을 하면서 경복궁 재건에 찬동하는 발
언을 했다.

"나라의 근본이 되는 궁궐을 재건하는 것은 하늘의
뜻일뿐만 아니라 나라의 광영이올시다. 백성들도 모
두 찬동하고 역사에 힘을 보탤 것으로 생각하오."

아무도 직접 반대를 못하고 침묵상태가 계속되었
다. 그 때 좌의정 김병학이 대원군을 두둔하는 발언을
하면서 말문을 열었다.

"선대부터 논의가 있었으나 강력하게 추진을 못한
사업이올시다. 하지만 지금 강건하고 담대한 대원이
대감이 있으니 그에게 역사를 맡기고 굳건하게 추진

하면 어떨까 하오."

김좌근이 소극적 반대의견을 가지고 있었으나, 앞서서 말을 못하고 머뭇거리는 사이 영의정 조두순이 찬동하는 적극적인 의견을 개진했다.

"무슨 일이든지 난관은 따르는 법입니다. 그동안 경복궁 재건을 추진 못한 것은 조상들에게 큰 누가 되고 대외적으로도 위신이 서지 않는 일이었소이다. 이제 재정을 우선 순위로 마련해서라도 역사를 추진해야 할 시기로 보입니다."

모두들 침울한 분위기에서 대궐을 벗어났다. 대원군은 조정회의를 전해 듣고 그날로 영건도감을 설치하고는 경복궁 재건의 총책임자인 도제조에 영의정 조두선을 임명하고 제조에 열두 명의 고관을 임명했다. 재정문제는 국가적인 원납금을 통해 해결하기로 정했다.

"내가 솔선수범해서 십만 냥을 하사하겠소이다."

조대비가 거금을 후사하자 안동 김씨 집안에서도 거액의 원납금을 내지 않을 수 없었다. 천하장안은 장안의 부호들이나 대상들을 찾아다니며 반 협박조로 원납금의 납부를 독촉했다. 좌의정 김병학이 만 냥을 기부하자, 김병기도 뒤질세라 이 만냥을 냈다. 막대한 원납금이 모여들었다. 며칠이 지나지 않아 약 사십만 냥이 거쳤다. 왕실의 종친도 사만 냥을 원납했다. 한 양에서뿐만이 아니라 전국적으로 원납금이 답지했다. 지방의 토호세력들도 중앙에 잘 보이기 위해서 원납 전을 서둘러 냈다. 가난한 백성들은 부역으로 원납금 을 대신하면 된다고 지시를 했다. 백성들은 자발적으 로 모여들었고 장안의 빈민들도 기초공사에 참여를 하였다. 대원군은 삯 없이 일하는 부역꾼들의 식사를 위해 세 끼 식사를 따뜻한 밥을 지어 먹였다. 물론 그 쌀은 호조의 창고에서 나온 쌀이었다. 대원군은 민심 을 고려하면서 일을 추진했던 것이다. 전국에서 목공 과 석공이 동원되었고 그들의 공전은 국가가 부담했 다. 경복궁의 공사장 주변에는 밥장수와 심지어 밤에 는 창녀들의 매음행위와 놀음판도 벌어졌으나 국가는 눈을 감아주었다.

"공사 진척도가 매우 빠르군. 궁궐수를 약간 늘리 고 목재와 석재도 고급 자재를 써야 하겠어. 목재는 한양에서 가까운 능림에서 베어 쓰도록 해야 하겠어. 석재의 운반은 강화도에서 수륙 운반에 많은 인력이 필요하니 지원하도록 하게나."

"네에 분부대로 하겠나이다."

하지만 대원군의 예상과 달리 목재가 부족하게 되자 민간 산림까지 손을 대었으므로 불만이 나오기 시작했다. 또 석재운반에도 많은 인원이 동원되었다. 점차 백성들 사이에서 원망의 소리가 높아만 갔다. 대원군은 날마다 삼천 명에 달하는 인부들의 사기진작을 위해 무대를 만들고 사당패를 동원하여 농악공연을 하여 피로도를 줄이려고 했다. 큰 토목을 운반할 때도 고수가 북을 치면서 민요나 잡가를 불러 노동의 피로를 풀어주려고 노력했다. 이 과정에서 <경복궁타령>이 만들어져서 전국으로 퍼져나갔다.

에헤, 남문을 열고 파루를 치니 계명산천이 밝아온다
에헤 에헤 어랴 얼럴럴거리고 방아로다 에헤

을축 사월 갑자일에 경복궁을 이룩일세
에헤 에헤 어랴 얼럴럴거리고 방아로다 에헤

우리나라 좋은 나무는 경복궁 중건에 다 들어간다

에헤 에헤 어라 얼렁럴거리고 방아로다 에헤

도편수의 거동을 봐라 먹통을 들구선 갈팡질팡한다
에헤 에헤 어라 얼렁럴거리고 방아로다 에헤

조선 여덟도 유명탄 돌은 경복궁 짓는데 주춧돌감이로다
에헤 에헤 어라 얼렁럴거리고 방아로다
근정전을 드높게 짓고 만조 백관이 조하를 드리네
에헤 에헤 어라 얼렁럴거리고 방아로다 에헤

호사다마라고 했던가? 문제는 엉뚱한 곳에서 터져
나왔다. 방화로 추정되는 화재가 일어난 것이다. 목재
를 쌓아놓은 공사장에 화재가 발생한 것이다. 원인을
모르는 화재는 바람을 타고 자재 전부를 태워버렸다.
　"범인을 끝까지 잡아내라!"
　대원군은 격노했다. 하지만 범인은 시간이 흘러도
잡히지 않았다. 대원군은 고민에 빠졌다. 백성들의 불
만의 목소리가 커지기 시작했기 때문이다.
　"원한을 품은 천주교도들이 방화를 했을 것이다."
　확실한 근거도 없이 헛소문들이 퍼져나갔다. 목재

가 부족하게 되자 민간 소유의 산림에도 원납목으로 지정하여 가져다 쓰게 했다. 양반들의 불만은 극에 달하게 되었다. 5년간의 경복궁 공사는 대원군에게도 진땀을 빼게 하는 대역사였다. 재정이 어렵게 되자 남대문을 비롯한 성문에 통행세를 부과하고 평민에게만 부여하던 세금을 양반에게까지 추가로 물게 했다. 그것으로도 건축비 조달이 어렵게 되자 김병학의 제안으로 당백전을 새로 만들어 공급했다. 당백전은 백성들의 삶을 피폐하게 하는 중요한 범인이 되어 대원군을 괴롭혔다. 물가가 뛰고, 사주전의 피해가 심각하게 나타났다. 대원군은 부랴부랴 청나라의 동전까지 유통시켜 물가 앙등을 막으려고 했다. 그렇지만 뚝심 있게 밀어붙여 대원군은 드디어 경복궁의 대체적인 골격을 완성했다. 연못을 조성한 후 경회루를 완성한 대원군은 경회루 낙성식 공연을 대대적으로 펼쳐 그동안 고생한 부역 인부와 공사 관련 관료들에게 베풀고 연회를 개최하여 술도 대접한다. 경회루를 완성한 후 4년 후인 1872년에 경복궁은 완공된다.

"법고 공연으로 개막을 알리는 것은 우아한 우리 민족의 전통을 드러내고 있는 듯하네."

"북소리는 조상들의 목소리 같군. 민족의 영광스러운 소리의 울림이야!"

"사당패의 공연과 화려한 옷을 입고 사람의 목에 올라탄 무동의 공연도 귀엽구만. 한량무를 추는군."

"줄타기와 땅재주 등 사당패의 공연은 여전히 흥미롭군."

청중들은 연희자들의 신바람 나는 공연에 눈을 고정시키며 박수를 치면서 환호를 한다. 반주를 걸치고 자유로움 속에서 즐기는 연회라 더욱 유쾌한 표정들이었다. 갑자기 사람들이 큰 박수와 환호를 보낸다. 누군가 유명한 연희자의 등장이 분명하다.

"진채선이야! 진채선. 전라도 장시에서 열화 같은 박수를 받았다는 유명한 광대 진채선이 나타났어!"

"진짜야? 진채선이 경복궁을 찾아왔다구?"

"맞아 진채선이야. 얼굴도 예쁘고 자태도 위엄이 있군 그래."

평소 대원군의 개혁정치에 동조하는 입장을 취해온 이서계층인 신재효는 자신이 이끄는 연예 상단의 대표적인 연희자인 진채선을 경회루 낙성식 공연에 출연시키는 모험을 했다. 이 공연에 자신이 직접 작사한

도리화가와 성조가를 진채선에게 부르게 하여 그녀를
전국적인 명창으로 떠오르게 했다. 이 날의 마지막 곡
은 진채선의 특기인 <춘향가> 중에서 '사랑가'였다.

스물 네 번 바람 불어

만화 방창 봄이 드니

구경 가세 구경 가세

도리화 구경 가세

꽃 가운데 꽃이 피니

그 꽃이 무슨 꽃인고

웃음 웃고 말을 하니

수렴궁의 해어환가

해어화 거동 보소

아리땁고 고을시고

나와 드니 빈 방 안에

햇빛 가고 밤이 온다

일점 잔등 밝았는데

고암으로 벗을 삼자

잠 못 들어 근심이

꿈 못 이뤄 전전한다

언제나 다시 만나

소동파를 읊어 볼까

진채선이 <도리화가>를 먼저 부르자 열화 같은 박수가 쏟아져 나온다. 앞의 사람들이 모두 일어서서 공연을 보자 뒤에 있던 사람들은 보이지 않는다고 앞에서 앉으라고 난리법석을 떤다. 역시 판소리가 당대의 청중들에게 가장 인기를 끌었고 그 중에서도 여창을 부르는 진채선의 인기가 단연 첫 손가락에 들었다. 민중들도 진채선의 목소리에 감탄했지만, 맨 앞자리에서 넋을 잃고 보고 있던 대감들도 혼줄을 놓고 천상의 소리에 빠져들었다. 특히 풍류객인 대원군은 더욱더 영혼의 감흥을 느끼게 된 듯 손을 무릎에 대고 장단을 맞추면서 듣고 있었다.

"역시 소문에 듣던 진채선이로군. 하늘이 내린 목소리야!"

"네에. 대단합니다. 청중들의 반응을 보세요."

"고창의 신재효가 연예 상단을 이끌면서 광대들과 기녀들 중에서 특출한 예인들을 모아서 교육을 시킨다고 하더니 성과가 나타나는 듯하군."

"네에. 타고난 천재성에다 체계적인 교육까지 시킨다고 하니 이러한 빼어난 소리가 나온 것으로 보입니다."

구름관중을 몰고다니므로, "앞으로 신재효의 연예상단이 큰 돈을 모으겠어"

대원군은 측근을 잠시 부른다. 공연을 마친 후 진채선에게 수고했으니 축하의 술상이라도 봐줘야 하겠다는 뜻을 전한다. 측근들도 그동안 경복궁 건축으로 마음이 많이 상해있던 대원군이 비로소 얼굴에 환한 미소를 띠게 된 듯 하다고 말했다. 진채선의 목소리가 대원군의 상처를 씻어주었다고 이구동성으로 칭찬한다. 공연이 끝나고 공사 책임자들을 위로하고 술판을 벌여주었던 대원군은 모처럼 홀가분한 마음으로 운현궁으로 간다. 운현궁에는 이미 대원군의 지시로 사랑방에 음식과 술이 차려져 있고 거문고도 놓여져 있다. 측근인 '천하장안'은 대원군의 마음을 읽고 악공도 불러서 대기시켜 놓았다. 곧 진채선도 초청되어 자리를 잡는다.

"오늘은 매우 기분이 좋구나. 경회루도 멋지게 지어져서 아름다움을 뽐내고 있고 연못에 물고기도 뛰

놀아서 천상세계를 연출하는 듯했다. 더욱이 채선의 목소리가 빼어나서 청중들이 열광하는 것을 보니 항아가 지상에 하강한 듯하였다. '항아분월'이란 말을 아느냐?"

"네에 스승인 동리 선생님으로부터 들은 적이 있습니다. 항아는 달에 사는 천상의 선녀로 알고 있습니다. 원래는 하나라의 명궁인 예(羿)의 아내로, 예가 서왕모에게 청해 얻은 불사약을 훔쳐 먹고는 달로 도망갔다고 들었습니다. 과분합니다. 저를 선녀인 항아에 비유를 하다니요?"

"아니다. 오늘 달빛 아래에서의 판소리 공연을 바라보니 항아보다도 더 곱고 아름답게 느껴졌느니라."

"과찬의 말씀입니다. 대원이 대감으로부터 그러한 칭찬을 들으니 부끄럽습니다. 제가 듣기로는 악기도 잘 다루시고 장단도 꿰뚫고 계시는 풍류의 대가라는 소문을 들었습니다. 동리 선생님도 종종 대감님의 정치경륜과 예술가적인 안목에 대해 말씀하셨습니다."

"그래 동리 신재효 선생이 내 얘기를 했다고? 그 사람에 대한 평판이 매우 좋더니만…… 전라도에서 광대와 기녀들을 모아 교육을 엄격하게 시킨다는 풍문을 듣고 있네만."

"예악이 나라의 근본이라면서 민족의 음악을 정리해야 한다고 말씀하십니다. 또 악기나 다루고 춤만 잘 추어서는 안 된다고 말씀하십니다. 이론과 실기를 겸한 진정한 예능인이 나와야 한다고 가르치십니다. 보다 중요한 것은 영혼이 깃든 소리를 배워야 한다고 강조하십니다."

"정말로 대단하구나. 언제 한 번 동리 선생을 초청하여 민족예술에 대한 말씀을 들어야 하겠구나. 공자님도 시골여행을 하다가 문소를 듣고 감동을 받으셨느니라. 문소가 얼마나 애절하고 슬펐으면 그 소리가 오뉴월 육미보다 더 아름답다고 하셨겠느냐?"

"네에. 공자님께서도 소리는 사람들의 마음을 울려서 착한 심성이 드러나도록 한다고 강조하셨다고 들었습니다. 그래서 유교를 국시로 하는 나라에서는 예로부터 예악을 국가의 근본으로 삼았던 것입니다."

"네가 많은 것을 아는구나. 역시 동리 신재효가 보통사람이 아닌가 보구나. 그 스승의 그 제자가 아니겠는가?"

"아까 청중들 앞에서 부른 <춘향가> 중에서 '사랑

가를 다시 한 번 듣고 싶구나. 우선 목을 축여야 하니 이리 다가와서 술잔을 받거라."

"네에. 감사합니다. 우선 경복궁 경회루의 완공을 축원드리옵나이다. 오늘 처음 한양으로 와서 경회루를 보니 천상세계에 들어간 듯 싶었습니다. 다들 어려운 나라 재정을 이겨내고 저러한 아름다운 궁전을 지을 수 있는 사람은 대원이 대감밖에 없다고 칭찬이 자자합니다."

"그래. 밖에서 그렇게들 말을 하는가? 한양에서는 무리한 공사라고 비판도 많은데…… 화재가 나서 참으로 힘들었네. 그래서 자네 노래를 듣고 시름을 잠시라도 잊고 싶었네."

"아이, 무슨 말씀을 그렇게 하시나요? 대원이 대감 같은 분이 제 노래를 듣고 감흥을 받다니요? 앞뒤가 안 맞는 말씀입니다. 아직 판소리를 제대로 부르기 위해서는 많은 시간이 필요합니다. 대감께서 많이 지도하고 가르쳐주시기 바랍니다."

아름다운 남녀의 관계를 쉬운 비유로 꽃과 나비라고 부른다. 풍류객 대원군과 최고의 여성 창자인 진채선의 만남을 이러한 비유로 설명할 수 있을지 모르지만, 한 사람은 정치판의 무정함을 노래로 삭히려고 한다면, 다른 한 사람은 자신의 노래가 많은 사람의 입에 회자되기를 바라는 목적에서 후원자를 필요로 한다.

"자네의 소리를 들으면, 산중턱을 오르다가 듣는 솔바람 소리를 다시 듣는 듯 청정함을 느끼게 되네. 대숲 바람은 쇄락 청명하나 솔바람은 장중 은일하다. 산골짜기의 천년송이 쳐 보내는 솔바람이야말로 순수 영혼의 소리가 아니겠는가?"

"과분한 말씀이십니다. 제가 소문으로 듣기로 대감께서는 어느 모임에서 만난 추선이라는 기생으로부터 궁내의 비밀을 듣고 아드님 고종임금님의 등극에 결정적인 도움을 얻게 되자 그 보답으로 추선의 치마폭에 석란도를 그려주었다는 얘기를 들었습니다. 소녀에게도 그런 기회를 주시면 큰 광영으로 알겠습니다."

"아니 어디서 그런 헛소문을 들었느냐? 내가 기생의 치마폭에 난을 그려준 적이 한두 번이겠느냐? 다만 아무에게나 치마폭에 그림을 그려주지는 않는다. 소리가 뛰어나든지, 악기를 잘 다루든지, 아니면 인물이 경국지색이라 품에 안고 싶은 여인이든지간에 무엇인가 호기심을 끄는 매력이 있을 때 충동적으로 그려주게 되느니라. 진채선, 네게도 남성의 마음을 끄는 무슨 매력이 있느냐?"

"대감님도, 참…… 제가 무슨 추선 같은 타고난 재주가 있겠습니까? 또 제가 아무리 자랑을 한들 무슨 소용이 있겠습니까? 대감님이 보시는 관점이 중요하겠지요? 거문고를 잠깐 뜯으시면 제가 가야금으로 화답하겠나이다."

대원군은 거문고를 끌어당겨 산조를 연주한다. 하늘에서 봉황이 날아 내리고 바다에서 큰 거북이 뭍으로 첫걸음을 하는 듯 우아하면서도 웅장한 소리가 사랑방 창호지를 울린다. 밖의 마당에 가벼운 바람이 일고 소소한 달그림자가 드리우는 듯하다. 달빛이 창호지 문에 은은하게 비친다. 진채선도 가야금 줄을 퉁긴다. 왼손은 안쪽 뒷편 줄 위에 놓고 줄을 흔들어 누르며 농현의 울림을 자극하고, 오른손은 줄을 뜯거나 밀고 퉁겨서 단아한 소리를 낸다. 대원군은 진채선의 작은 왼손을 바라보며 가야금 농현이 아니라 자신의 가슴이 울리는 것을 스스로 느낀다. 마치 소복 입은 여인의 울음소리와도 같다. 해죽으로 만든 술대를 오른손 식지와 장지 사이에 끼고 엄지로 버티어서 내려치거나 뜯어 연주하는 거문고의 묵직하고 딱딱한 저음과 다른 소리가 난다. 남성적인 저음과는 다른, 가야금의 농염 짙은 소리는 여인의 간드러진 웃음소리를 내다가도 어느새 슬프디 슬픈 애잔한 가락으로 바뀐다. 여인네 얼굴의 양쪽 옆 표정이 다른 것과 마찬가지다. 왼쪽 안면에서는 미소를 보내면서 다른 쪽 안면으로는 새침데기 같은 뽀로통한 표정을 짓는 것과 흡사하다. 여인의 오묘한 모습을 보는 듯 다양한 소리가 울려 퍼진다. 손놀림과 악기 그리고 여인의 교태는 하늘에서 산 정상으로 내려와 날개가 달린 채 춤을 추는 선녀의 몸놀림을 보는 듯하다.

"가야금 산조를 조금 선보여드렸고요. 이제부터는 저의 특기인 가야금 병창 5바탕 중에서 두 곡만 들려드릴 예정입니다. 예쁘게 봐 주세요."

"아니 판소리만 잘하는 줄 알았더니 가야금도 명인이로구나. 모처럼 귀에 헛바람이 들어가겠구나. 큰일이네. 여인의 향기에 젖어들게 될 터이니."

"황송한 말씀을 하셔서 눈을 어디에 두어야 할지 모르겠습니다."

진채선은 천하 영웅 조조의 비참한 몰락과정을 그린 '화용도', 기생의 이름을 옛날 시와 고사로 인용하여 멋을 한껏 부린 <춘향가> 중 '기생점고', 제비가 박씨를 물어와 대박을 터뜨리는 <흥보가> 중 '구만리제비노정기', <심청가> 중에서 '황성 올라가는 대목'의 다섯 바탕에서 앞의 두 곡의 묘미를 들려준다. 대원군은 진채선의 매력에 빠져 술병에서 술을 따라 계속 술을 마신다. 작은 소반인 술상에 손바닥을 가볍게 두드리면서 장단을 맞추고는 홍취에 젖는다.

홍보제비가 들어온다. 박홍보 제비가 들어온다.

부러진 다리가 봉통아리가 져서 전동(顫動: 절뚝거림) 거리고 들어와

"예!"

제비장수 호령을 허되

"너는 왜 다리가 봉통아리가졌느냐."

홍보제비가 여짜오되

"소조가 아뢰리다. 소조가 아뢰리다. 만리 조선을 나가 태여나 소조 운수 불길하야 뚝 떨어져 대번에 다리가 짝깍 부러져 거의 죽게 되었더니 어진 홍보씨를 만나 죽을 목숨

이 살았으니 어찌 허면은 은혜를 갚소리까 제발 덕분에 통촉허오."

"그러기에 너의 부모가 내 장영을 어기고 나가더니 그런 변을 당하였구나.

너는 명춘(明春)에 나갈 적에 출행 날짜를 내가 받어 줄테니 그 날 꼭 나가거라."

삼동이 다 지나고 춘삼월이 방장커날 흥보제비가 보은표 박씨를 입에 물고 만리 조선을 나오는디 꼭 이렇게 나오는 것이었다.

흑운 박차고 백운 무릅쓰고 거중에 둥둥 높이 떠 두루 사면을 살펴보니

서촉(西蜀) 지척이요 동해 창망허구나

축융봉(祝融峰)을 올라가니 주작이 넘논 듯 상역토 하역토 오작교 바라보니 오초동남(吳楚東南) 가는 배는 북을 둥둥 울리며 어기야 어야 저어가니 원포귀범(遠浦歸帆)이 이 아니냐 수벽사명(手碧沙明) 양안태(兩岸笞) 불승청원(不勝淸怨) 각비래(却飛來)라 날아오는 저 기러기 갈대를 입에 물고 일점 이점에 떨어지니 평사낙안(平沙落雁)이 이 아니냐

백구백로 짝을 지어 청파상에 왕래허니 석양천이 거의 노라 회안봉(回岸峰)을 넘어 황릉묘(皇陵廟) 들어가 이십오

현 탄야월(二十五鉉彈夜月)의 반죽(班竹)가지 쉬어 앉어 두
견성을 화답허고

　봉황대 올라가니 봉거대공(鳳去臺空) 강자류(江自流) 황학
루(黃鶴樓)를 올라가니 황학일거(黃鶴一去) 불부반(不復返)
백운천재(白雲千載) 공유유(空悠悠)라 금릉(金陵)을 지내어
주사촌(週駟村) 들어가 공숙창외도리개(空宿窓外桃李開)라
낙매화(落梅花)를 툭 쳐 무연(舞筵)에 펄렁 떨어지고 이수(離
水)를 지내어 계명산(鷄鳴山)을 넘어 장자방은 간 곳 없고
남병산 올라가니

　칠성단이 빈 터요 연조지간(燕趙之間)을 지내여 장성(長
成)을 지내여 갈석산(碣石山)을 넘어 연경을 들어가니 황극
전(皇極殿)에 올라 앉어 만호장안 구경허고 정양문내달라
창달문 지내 동간을 들어가니

　산 미륵이 백이로다 요동 칠백리를 순숙히 지내여 압록
강을 건너 의주를 다달아 영고탑(寧古塔: 중국흑룡강성 남동
부에 있는 도시) 통군정(統軍亭) 올라 앉어 안 남산 밖 남산
석벽강 용천강 좌우령을 넘어 부산 파발 환마(還馬)고개 강
동다리 건너 평양은 연광정 부벽루를 대경허고 대동강 장
림(長林)을 지내 송도를 들어가 만월대 관덕정 박연폭포를
구경허고 임진강을 시각에 건너 삼각산에 올라가 앉어 지

세를 살펴보니 천룡의 대원맥(大元脈)이 중령을 흘리쳐 금화(金華: 인왕산 옆의 금화산) 금성(金城: 계동일대의 산줄기) 분개허고 춘당 영춘이 회돌아 도봉 망월대 솟아있고 삼각산이 생겼구나 문물이 빈빈(彬彬)허고 풍속이 희희하여 만만세지금탕(萬萬歲之金湯)이라 경상도는 함양이요 전라도는 운봉이라 운봉 함양 두 얼 품에 홍보가 사는지라 저 제비 거동을 봐 박씨를 입에 물고 거중에 둥실 높이 떠, 남대문 밖 썩 내달아 칠패 팔패 청패 배다리 애고개를 얼른 넘어 동작강(銅雀江) 월강 승방을 지내여 남태령 고래 넘어 두 쪽지 옆에 끼고 거중에 둥둥 높이 떠 홍보집을 당도, 안으로 펄펄 날아들어 들보 위에 올라 앉아 제비말로 운다 지지지지 주지주지 거지연지 우지배요 낙지각지 절지연지 은지덕지 수지차로 함지포지 내지배요 빼 드드드드드득…….

홍보가 보고서 좋아라 반갑구나 저 제비야 당상 당하 비거비래 편편이 노는 거동은 무엇을 같다고 이르랴 북해 흑룡이 여의주 물고 채운간에가 넘논 듯 단산 봉황이 죽실(竹實)을 물고 오동 속으로 넘노난 듯 지곡(芝谷)청학이 난초를 물고 송백상의 넘노난 듯 홍보보고 괴이여겨 찬찬히 살펴보니 절골양각(折骨兩脚)이 완연 , 오색당사로 감은 흔

적이 아리롱 아리롱 허니 어찌 아니가 내 제비랴! 반갑구
나 내 제비야 어디갔다 이제와 어디를 갔다가 이제 오느냐
얼씨구나 내 제비 제비 노닐다 흥보 양주 앉은 앞에 뚝 떼
그르르르르 떨떠리고 백운간으로 날아간다.

"네가 바로 춘향이고 네가 바로 심청이로구나. 아
니 춘향이가 아니고 옥단춘이냐?"

"대감님, 술을 드시는데, 분위기를 잘못 맞춘 것은
아닌지요? 다른 노래를 들려드릴까요?"

"아니다. 아서라. 천하제일성이로다. 취흥이 도도해
지는구나. 너도 이리 소반에 다가 앉아라 옛! 내술
한잔 받아라!"

진채선은 소반으로 다가가서 대원군이 건네는 술잔
을 받는다. 대원군의 칭찬을 들으면서 담소를 나누며
술을 마셔서 그런지 취기가 천천히 오른다. 대원군이
갑자기 취흥이 도는지 일어서서 춤을 춘다. 콧소리를
흥얼거리며 사랑방을 몇 바퀴 돌면서 춤을 춘다. 채선
의 손을 잡고 일으키더니 함께 두 손을 마주 잡고 돌
아간다. 마치 물레방아가 물의 힘으로 돌아가듯이 술
의 힘으로 민첩하게 겹쳐진 두 몸이 돌아간다. 고추잠

자리가 맴을 돌듯이 지속적으로 돌아가더니 술이 올라서 보료에 쓰러진다. 대원군의 용안이 채선의 단아한 얼굴에 겹쳐진다. 채선도 술이 올라 대원군이 손으로 자신의 얼굴을 쓰다듬게 내버려둔다. 눈동자가 빛나고 오똑한 콧날이 촛불에 아른거린다. 한동안 말없이 얼굴을 바라다보기만 하던 대원군은 와락 채선을 껴안는다. 채선의 비단 옷이 한겹 한겹 벗겨진다. 바람에 흐느적거리는 버드나무 줄기마냥 촛불에 흐렸다가 밝아지기를 반복한다. 촛농이 흘러내리는 모습이 아련하게 눈에 들어온다. 치맛자락이 대원군의 속곳에 걸려 공중에 떠있다.

"철버덩…… 철버덩……."

"아나, 춘향이 엉덩짝 날아간다!"

소리가 끝나기도 전에 철버덩! 하고 못단이 무논에 떨어진다. 20여 명의 모꾼들이 지푸라기로 묶은 못단을 풀어내어 한 줌 모를 쥐고 못 톱마디로 하나하나 심어나간다. 모 푸는 소리는 즐겁다. 못줄이 있는데, 이 못줄을 논두렁 양끝에서 팽팽하게 당겨 잡고 모꾼들이 못줄 표지에 의해 일제히 모를 심으면 못줄이 다음으로 넘어가, 모는 정조식으로 반듯하게 꽂혀 나

간다. 모가 일제히 심어지고 "자, 못줄 넘는다!"라고
줄꾼이 소리 하면 모 푸는 사람들은 풍년가로 화답한
다.

전 건너 갈미봉에 비 묻어오고
일락서산 해 떨어진다.
어럴럴러 어허 상사디야……

채선은 대원군이 몸을 조여 오면서 몸서리를 치자
어릴 때 시골에서 보았던 모내기가 떠오르고, 모 푸는
소리가 귓가에 들리는 것으로 착각이 들었다. 그녀에
게 모내기의 두렛일이 왜 사랑을 나누는 야심한 밤에
떠올랐는지는 모르겠다. 사랑하는 것은 처음에는 서
로에게 서먹서먹한 관계의 거리를 좁히는 작업이다.
하지만 담소를 나누고 노래를 부르고 춤을 추면서 용
기를 내어서 거북함을 해소하는 단계를 거치고 나면
너무나 쉽게 친밀한 감정이 스며든다. 채선에게 모 푸
는 소리가 귀에 들린 것은 그러한 거북함을 떨쳐버리
는 심미적 과정일 것이다. 그러한 행위는 친밀하게 두
사람이 합일을 추구하는 작업인 것이다. 은근한 정은

두 사람의 벗은 몸을 부끄럽지 않게 느끼게 만든다.

"너에게 이러한 교태가 있었구나. 수줍음보다는 유혹의 욕망이 너를 더욱 강하게 끌어주는 가보다. 본능이 강한 여인이구나."

"대감님의 수컷 본능이 저를 끌어당기고 있어요. 평소의 저답지 않은 행동을 하고 있어요. 저도 모르게 대담하게 행동하게 되네요. 그동안 영웅을 그리워하고 있었나봅니다."

"그래 나에게서 수컷의 냄새가 강하게 난다는 거냐?"

"아잉. 앞으로는 저만 좋아해야 합니다. 진채선의 치마폭만 그리워해야 합니다. 모과 같은 향기로 가득한 채선의 가슴만을 만지면서 잠을 이루셔야 합니다. 약속할 수 있지요? 이 밤에 약속을 해주시지 않으면, 앞으로는 채선의 치마폭에 얼굴을 파묻을 수 없을 거에요. 빨리 말해주세요."

"그래 앞으로는 채선의 모과향기에 젖어 정치적 피로를 씻어야겠다. 남성들의 세계는 너무나 험난하단다. 그래서 많은 남자들이 암컷의 부드러움에 꼼짝을 못하게 되는 게야. 너에게 약속하마. 대신 너도 약속을 지켜야 한다. 운현궁에서 목간에 하얀 살결을 푹 담구고 있다가 퇴청한 후 지친 나를 어린아이 안듯이 푸근하게 품어주려무나."

"여분이 있겠습니까?"

진채선은 자신에게 이러한 대담성이 있는지 내심 놀라고 있다. 천하의 대원군을 유혹하여 신분상승을 노려야 하겠다는 무의식적인 충동이 내면에서 일어나는 것일까? 대원군 또한 채선의 분냄새에 더욱 도취된다. 대원군의 입에서 술 냄새가 심하게 나는 것이 채선에게는 더욱 몸을 조여들게 하는 요인으로 작용한다. 소동파의 「전적벽부」를 갑자기 읊조리고 싶다. 사랑하는 사람에게는 몇 가지 비밀이 생겨나게 된다. 이제 비로소 채선에게도 비밀이 새롭게 생겼다. 물론 풍류객 대원군에게는 채선만큼 소중한 비밀이 아닐지 모른다. 하지만 두 사람 공히 공통점이 있다. 권력자에게 생긴 애첩과 예능인에게 생긴 연인은 주변의 시선을 모을 수 있는 가능성 때문에 쉽게 동질성을 확보하게 된다. 두 사람은 과거와 달리 움츠릴 수밖에 없는 여건이 생겼다. 촛농이 촛대바닥에 떨어져 사위는 컴컴해지고 멀리서 개소리만 요란하다. 벌써 대원군은 곯아떨어졌으나 진채선에게 잠은 쉽게 오지를 않았다. 그의 따뜻한 품안에 더욱 파고들어서 눈을 감았다. 차가운 한기에 눈이 떠졌다. 새벽이었다. 그날로부터 진채선은 운현궁에서 대원군을 매일 기다리는 애첩이 되었다. 신재효는 진채선이 돌아오지 않자 조바심이 났다. 신재효에게는 거느리고 있는 많은 판소리 광대들이 있었지만, 가장 소중한 예인은 진채선이었다. 외출해서도 하인들에게 채선의 귀가를 물어보았지만, 그녀는 당일도 그 다음날도 돌아오지 않았다. 만약에 진채선이 영원히 돌아오지 않는다면 어떻게 되는 것인가?

"진채선, 그녀는 나에게 무엇이었는가? 단순히 판소리를 가르치는 제자인가? 그렇지 않다면, 사실상의 연인이었던가?"

항상 옆에만 있을 때는 몰랐던 새로운 사실을 발견했다. 채선이 자신에게 매우 중요한 존재였다는 점을 알게 된 것이다. 마음 한 구석이 텅빈 것 같은 상실감은 큰 아픔으로 다가왔다. 현실에서 사라졌다는 결핍이 마음 한 구석에서는 그리움으로 충만하게 만들었다. 미련과 원망이 교차하는 지점에 그녀가 자리하고 있었다.

"그녀가 내 인생의 전부였다는 말인가? 여인은 신기루 같은 것일까?"

신재효는 묻고 또 물었다. 고뇌에 찬 나날이 계속되었다. 그는 공허감으로 잠도 쉽게 이루지 못했다. 그동안 대원군의 개혁정치를 믿고 그를 지지해왔으나 이제는 다른 생각이 밀려왔다. 대원군은 연적이 되었다. 분노가 치밀기도 했다. 항상 너그러웠던 스승의 자세는 소멸되어 버렸다. 그 자리에 질투만이 스며들었다.

"그는 폭군이 아닌가? 연예 상단의 일원인 예인을 공연이 끝났다면 당연히 돌려보내는 것이 상업상의 예의가 아니겠는가? 그런데 이유도 없이 여성창자를 잡아두고 돌려보내지 않고 있다. 이러한 행위는 권력의 횡포가 아닌가? 앞으로는 대원군을 신뢰할 수가 없다."

진채선에 대해서도 별의별 생각이 다 떠올랐다. 경회루 낙성식이 끝났다면 바로 고창의 사랑방으로 복귀해야 하는 것이 아닌가? 왜 돌아오지 않는 것인가? 진채선이 대원군의 권력에 취해버린 것일까? 그렇다면 '소유적 사랑'을 즐기는 위선적인 여인이었단 말인가? 이해를 할 수가 없었다. 하루아침에 여성에 대한 신뢰감도 없어져 버렸다.

"그동안 신재효 자신에게 말해왔던 사랑의 밀어는 무엇이었단 말인가? 또 따뜻한 눈빛과 애틋한 갈망의 몸짓은 무엇이었단 말인가? 모든 것이 거짓이었고, 함께 살아가는 사람에 대한 임시방편적 처세술이었단 말인가?"

신재효는 새벽에 닭의 홰소리가 나서야 겨우 눈을 붙일 수 있었다. 불면의 밤은 신재효의 건강을 괴롭혔다. 며칠 사이에 볼이 움푹 들어갔다. 마치 다른 사람과도 같이 말수도 줄어들었고 음식도 물리기 일쑤였다. 밤에 신음을 하며 끙끙 앓기도 했다. 대원군의 품에 안겨 권력에 취한 진채선은 신재효의 애틋한 마음을 잊어버리고 있었다. 몸이 멀어지면 마음도 변한다는 말은 거짓이 아니었다.

신재효는 채선의 지방 관아 공연을 찾아가선 먼발치에서 구경하고 자신의 상사의 마음을 <도리화가>에 담는다. 우선 진채선이 대원군의 사궁인 운현궁에 들어간 지 3년이란 세월이 흘렀음을 강조하고 있다. <도리화가>는 '도리화 구경 가세'로 시작된다. 채선이

공연을 내려온 시기가 도리화가 만발한 봄이었으나 그는 이미 수령궁의 '해어화'였기에 가까이에서도 아는 척도 못하는 심정을 노래한다. 이어서 진채선의 아름다운 용모와 자태에 대해 묘사한다. 구름 같은 머리털, 나비 눈썹, 앵두 같은 입, 흰 잇속, 백옥 같은 얼굴, 버들 같은 허리, 고운 살결, 연꽃 걸음을 나열하고는 진채선의 이름을 풀어서 아름다움을 극대화하고 있다.

> 현란하고 황홀하니
> 채자색채 분명하다.
> 채색으로 옷을 하고
> 신선되어 우화하니
> 아름다운 이름 뜻이
> 생각하니 더욱 좋다.

이어서 신재효는 운현궁에 갇혀 사는 것에 불만을 갖지 말고 고생 끝에 낙이 오게 되는 법이니 참고 이겨내야 한다고 점잖게 타이른다. 자신은 외로움에 힘이 들뿐만이 아니라 점점 늙어가서 눈앞의 것을 잘못

본다든가, 묻는 말을 또 물어보는 자신의 현실적 처지를 넋두리하면서 고기도 제대로 못 씹는 허접한 치아에 대해서도 서글퍼한다. 이러한 신세한탄에 이어서 진채선의 연창 공연을 화려하게 묘사하고 있다. 너른 마루에 비단 자리에 은초를 켜놓고 붉은 부채를 손에 움켜쥐고 노래하는 아름다운 모습을 범과 학 그리고 꾀꼬리에 비유하면서 탁트인 성음과 다양한 기량에 대해 찬사를 보내고 있다. 연창이 끝나고 손님들이 돌아가니 쓸쓸함이 도지고 진채선에 대한 그리움의 병만 더하게 되었다고 상사의 마음을 말미에 진솔하게 담고 있다.

"옛날 동네골목의 친구들이 보고 싶다. 궁궐 생활은 너무 답답해. 숨도 제대로 쉴 수가 없구나."

열두 살에 익종의 양자로 궁중에 들어온 고종은 어린 나이에 어른스러운 행동을 해야 하는 자신의 신세를 한탄했다. 매일 오전에는 제자백가를 공부해야 하고 오후에는 활을 쏘고 무술을 익혀야 하며, 저녁에는 다시 붓글씨에 매달려야 하는 규칙적인 생활에 염증을 낼 수밖에 없었다. 운현궁의 골목에서 동무들과 자치기를 하고 딱지를 만들어 치면서 맨땅에서 뒹굴던 시절이 그립기만 했다.

"명복아! 이 자식아 제대로 좀 해봐라! 그렇게 해서 딱지를 모두 잃겠다."

"너희들, 내가 모두 뒤집어 엎을 거야. 조금만 기다려봐."

"개똥아! 니가 뒤집으면 내가 너를 업고 다닐 터이니 그렇게만 해봐라. 이 바보 같은 자식아!"

궁중에 갇힌 고종은 어린 시절 개똥이라고 불러주던 친구들이 너무나 그립다. 하지만 임금인 처지에서 그들을 만나봤자 굽실굽실 고개만 숙이고 땅에 엎드려 있을 것이 뻔하다.

"어머니, 왜 저를 이러한 깊은 구중궁궐에 가두어 두셨나요? 엄마라고 마음대로 부르지도 못하고 응석도 못 부리고…… 너무나 불편해요."

엄격한 부친 대원군도 궁궐에 들어와서 자신은 잠시만 만나고 주로 조대비를 만나 정사를 의논하고 휙 퇴궐해 버린다. 기껏 만나봤자, 무슨 책을 읽었느냐? 또는 활솜씨는 늘었느냐를 반복해서 묻기만 하고 임금의 처세와 백성을 사랑하는 방식에 대해서만 똑같은 얘기를 강론하고는 퇴청한다. 점차 아버지 대원군이 그리움의 대상이 아니라 증오의 대상으로 바뀌어 간다. 권력에 눈이 어두워 자식의 안위에는 관심도 없는 부정에 대해 고개를 내저었다. 동시에 어머니도 미웠다. 자상하게 응석을 받아주던 모친이 아니라 멀리 앉아서 예법이나 강조하는 어머니를 상대하기가 싫었다.

"천둥아, 나랑 궁궐 밖을 한번 행차했으면 좋겠다. 대왕의 복장이 아니라 민간인 복장으로 대궐문을 나서보는 것이 꿈이야!"

"아니되시옵니다. 누구 곤장을 맞는 모양을 보셔야 직성이 풀리겠습니까? 어버이 같으신 임금님께서 어떻게 백성들과 마주치려고 하시나이까? 큰일 날 소리이옵니다. 대왕대비마마께서 아시면 소인은 경을 칠 것입니다요"

"내가 너의 설교나 들으려고 말을 건네 본 것인 줄 아느냐? 안 된다! 안 된다! 정말로 지겹구나. 되는 일은 무엇이 있겠느냐?"

"임금은 백성들의 어버이이십니다. 그러니 공부를 열심히 하셔서 훌륭한 군왕이 되셔야 합니다."

"정말로 너도, 지당선생(?)이 되려고 하더냐?"

고종은 어느덧 사춘기로 접어들었다. 어린 임금은 정치권력에는 관심이 없었다. 다만 모든 세상의 일에 호기심이 발동했다. 아버지 대원군이 왜 권력에 치중하는지에 대해서도 궁금했고, 자신을 낳은 민씨 부인보다 조대비가 더 친근하게 대해주는 이유도 궁금했다. 물론 수렴청정이라는 정치적인 야심 때문이라는 것에 대해서도 잘 몰랐다. 매일 같이 반복되는 공부도 지겨웠고, 활 쏘고 무술공부를 하는 것도 그렇게 흥미가 없었다. 그러던 어느 날 글공부를 마치고 궁전을 가로질러 가다가 길을 가던 후궁들을 만나서 그들의 인도로 궁녀들의 방에 처음으로 구경을 갔다. 사춘기의 소년이 예쁜 궁녀들이 모여 있는 방으로 갔으니 신비로울 수밖에 없었다. 그중에서 미색이 특출한 이 상궁도 끼여 있었다.

"너의 이름이 무엇이냐?"

"그냥 이 상궁이라고 불러주십시오."

"그렇구나. 내가 자주 불러도 되겠느냐? 내 일을 좀 도와줄 수 있느냐?"

"상감마마, 당연한 말씀이옵니다. 저희들은 모두 상감마마의 부르심만 기다리고 있소이다."

"무엇이라고? 너희들이 모두 나의 부름을 기다리고 있다고? 큰일 날 소리를 하는군. 대왕대비마마께 혼이 나려고 하느냐? 조대비마마께서는 후궁들을 멀리하라고 일러주셨느니라."

"그것은 아직 어리신 상감마마께서 글공부를 등한시하고 여색에 빠질까 걱정해서 그렇사옵나이다. 하지만, 나이가 드시면 저희들을 부르시지 않을 수 없습니다."

"그렇구나. 자주 내 방에 들러 말동무도 좀 해주고, 궁중생활에 대해 재미있는 얘기도 좀 해주면 어떻겠느냐?"

"네에, 상감마마께서 불러주시면 광영이옵니다."

이 상궁은 자태도 아름다웠지만, 머리도 좋고 성격도 부드러워서 고종의 말동무로서 손색이 없었다. 사춘기의 임금은 그녀의 아름다운 미색에 빠져 옆에 앉아만 있어도 기분이 좋아져서 싱글벙글 했다. 처음에는 시녀로서 예를 갖췄으나 점차 나이가 더 많은 이 상궁은 외로운 고종에게 모성애적 존재로 변모되어 갔다. 고종도 어머니에게서 받지 못한 사랑을 이 상궁으로부터 취하려고 노력하였다. 두 사람은 뗄 수 없는 사이가 되고 말았다.

"이 상궁, 너만 보면 마음이 좋아지는구나. 오늘은 무슨 좋은 이야깃거리가 없느냐?"

"상감마마께서 성군이 될 수 있는 교훈을 말씀드리겠습니다. 궁중에 흘러다니는 슬픈 이야기를 들려드릴 것입니다. 재미로 흘려들으시되, 성군이 되셔서 백성들이 존경하는 선한 임금이 되시기를 바라옵나이다."

"그래 재미있고도 유익한 얘기를 해주면 좋겠다. 왜 슬픈 이야기라고 말했느냐?"

"조선왕조 500년 역사에서 가장 성군으로 평가받는 임금은 누구인지 아시나요?"

"세종대왕이 아니냐?"

"네에 우리나라의 한글을 창제하신 세종대왕이 성군으로 손꼽히는 첫째 임금이신 것은 맞습니다. 그 다음으로 조선 후기에서는 정조대왕께서 훌륭한 임금님으로 평가받고 있사옵니다. 하지만 정조대왕께서는 슬픈 가계가 있어서 자신이 임금이 되지 못함이 뻔하게 작용하기도 했습니다. 또 임금이 되어서도 그 업보로 암살단의 습격을 받기도 했습니다."

"그래 정조대왕의 이야기로구나. 사도세자가 뒤주 속에서 갇혀서 죽었다는 소문이 전해지고 있는 것은 안다만……."

"정조임금은 영조대왕의 손자입니다. 영조는 모두 2명의 정비와 4명의 후궁 사이에서 2남 7녀를 두었습니다. 영조는 정비에게서 왕자를 생산하지 못하고 후궁인 정빈 이씨에게서 효장세자를 얻었고, 영빈 이씨에게서 사도세자를 얻었습니다. 영빈 이씨는 어려서 궁중에 들어가 영빈에 봉해졌습니다. 영조의 총애를 받는데, 4명의 옹주를 낳은 뒤 사도세자를 낳아 후사를 기다리던 영조를 기쁘게 했습니다. 하지만 28년 뒤에 사도세자가 폐위 당하고 죽음을 맞는 고통을 겪으면서도 의연함을 잃지 않았습니다. 정조대왕은 사도세자의 아드님이십니다."

"그것은 나도 잘 알고 있느니라."

"당시 조정은 사도세자를 뒤주에 가둬 죽인 세력인 노론 벽파들이 장악하고 있었습니다. 그러니 사도세자의 아들 이산이 보좌에 오르는 일은 기적에 가깝습니다. 영조 38년에 나영언이 고변하여 사도세자가 반역을 꾀하였다고 하여 세자의 비행을 일러바치는 사

건이 일어났습니다. 이로 인해 영조가 격노하여 세자
가 위기에 처한 상황에서 세자의 생모인 이씨까지 궁
에서 돌고 있던 유언비어를 영조대왕께 옮기며 세자
를 대처분할 것을 간하게 됩니다. 결국 세자를 뒤주에
가두어 굶겨 죽이는 임오화변이 일어나게 되고 그 2
년 뒤 영조대왕도 승하하시게 됩니다."

　"사도제자가 아버지의 노여움을 사서 죽임을 당한
것도 있지만 내가 공부하면서 배운 것으로는 당파싸
움이 화근이 된 것으로 알고 있느니라. 사도세자는 소
론을 지지하였으나 아버지 영조는 노론을 지지하면서
갈등이 심화된 것이 아니겠는가? 역모라든지 하는 고
변은 모함으로 보이느니라."

　"네에 맞습니다. 제가 말씀드리려는 것은 정조임금
이 매우 총명하여 어릴 때부터 할아버지인 영조대왕
의 총애를 받았다는 것입니다. 노론의 핵심들이 정조
가 임금을 승계하는 것을 반대하여 죽이려고 시도했
으나 그것을 이겨내고 임금에 올라 탕평책으로 바른
정치를 해보려고 노력한 업적을 말씀드리려고 하는
것입니다. 정조는 열 살의 나이로 죽은 영조의 맏아들
진종의 양아들로 입적이 되십니다. 손자의 권력기반

을 마련해 주려는 할아버지 영조의 배려로 그를 대신하여 정책을 결정하는 대리청정을 하였으며 그 이듬해에 영조가 승하하자 스물다섯 살의 나이로 임금으로 즉위하시게 됩니다. 정조대왕은 즉위하시자마자 조회에서 자신은 사도세자의 아들이라고 선언하여 마음속에 간직하고 있던 아버지에 대한 그리움을 드러내게 됩니다. 그와 동시에 능력과 학식 있는 인물을 중용하여 노론을 견제할 수 있는 친위세력을 키워나가게 됩니다. 왕세존 시절부터 자신을 경호해온 홍국영을 절대적으로 신임하여 궁궐을 호위하는 숙위소 대장과 도승지를 겸하게 합니다. 정조대왕께서는 고집도 있으시고 학문을 즐겨하여 문화와 학문을 크게 발전시켜 성군으로 칭송받고 있습니다. 또 청소년기에 궁중을 빠져나가 기생들과 질탕하게 놀아본 경험을 제외하고는 여색을 멀리하여 곧은 정치를 할 수 있었습니다."

"네가 아예 임금인 나에게 훈계를 주려는 게로구나."

"아니옵니다. 다만 상감마마께서 외로움을 이겨내시고 학문에 몰두하여 백성들이 칭송하고 역사에서

남을 성군이 되시라는 말씀을 드리려는 것뿐이옵니다."

고종은 자신에게 궁중에 돌아다니는 이야기들을 통해 임금의 올바른 길을 안내해주려는 상궁 이씨의 지략을 속으로는 좋아했다. 고종이 상궁 이씨에 빠지게 된 것은 그의 미모와 자상함이라고 할 수 있다. 고종이 조대비와 아버지 대원군의 등쌀에 밀려 정치와 권력에서 소외된 자신의 처지를 슬퍼하고 외로워할 때 그러한 고종을 어루만지며 자신의 모성애로 품안에 안아 위로한 것이 호감을 사게 된 것이다. 매일 밤 고종은 상궁 이씨의 처소로 나아간다. 그러나 두 사람의 사랑에 방해세력이 등장하게 된다. 바로 나중에 왕후가 되는 민비다.

고종이 열다섯이 되자 후계를 위해 왕후책봉 문제가 부상하게 된다. 정치적인 파벌들은 서로 자신에게 유리한 왕후 후보 간택을 위해 암투를 펼친다. 외척정치에 큰 박해를 받았던 대원군은 그러한 현상에 대해 걱정을 하며 아무런 파벌이 없는 집안의 여자를 왕후로 맞아들이기 위해 은밀하게 자신의 부인 민씨에게 물어보게 된다. 이러한 궁중에서 돌아가는 상황을 눈치 챈 상궁 이씨는 불안함을 느끼며 질투심에서 고종에게 압박을 가한다.

"이제 중전을 맞이하시면 저는 버려진 꽃이 되겠군요 상감마마께서 저를 버리면 소인은 약을 먹고 죽어버릴 것이옵니다."

눈물을 흘리며 슬프게 호소하는 이 상궁을 어루만지며 고종은 위로를 한다.

"아니 내가 어떻게 너를 버리겠느냐? 중전이 들어오더라도 너만을 사랑할 것이다. 요즈음 나에게 관심은 너밖에 없느니라. 외로운 나를 질곡에서 건져준 이 상궁을 잊을 수 있겠는가?"

"믿어도 될까요? 하지만 몸이 멀어지면 마음도 멀어지게 됩니다. 중전이 들어오면 제 방을 찾지도 않을 것이옵니다."

"아니라니까? 내가 너를 얼마나 사랑하는지 잘 알고 있지 않느냐? 궁중에서 첫 정을 나눈 이가 바로 네가 아니냐? 그런 너를 버리겠느냐?"

"정말이지요? 천첩을 사랑한다는 말을 믿겠사옵니다. 후궁 주제에 상감마마를 독점할 생각이 없습니다. 저를 잊지 않으시고 종종 제 방을 찾아와 주시기를 바랍니다."

"걱정 말아라. 중전은 할마마마와 아바마마가 결정하실 것이다. 그러니 자신들의 정치적 입에 맞는 여인을 택할 것이다. 그러니 나에게 사랑하는 마음이 생기겠느냐? 잘 알지 않느냐?"

"그래도 상감마마께서 변심하시면 소녀는 와락 죽어버릴 것입니다. 밤에 자주 제 처소를 찾아주셔야 합니다. 그런데 새로 들어설 중전이 질투가 심하고 강짜를 부리는 분이라면 어떻게 하지요? 중전 눈치 때문에 제 처소 근처에 얼씬 거리지도 않을 터인데요."

"약속을 하마. 내가 마누라 하나 다루지 못하는 약한 남자로 보이느냐? 두고 봐라. 그렇지 않을 것이니라. 밤에는 너의 침소로 자주 가겠다. 이전처럼 예쁘게 단장하고 따뜻하게 맞아주기나 해라."

"황공하나이다. 상감마마를 철썩같이 믿겠사옵나이다."

고종이나 이 상궁 모두 뒤늦게 들어온 민비가 집안의 오빠들과 함께 세도를 부릴지는 눈곱만치도 몰랐다. 하지만 권력이라는 것은 묘해서 상궁 이씨의 앞날도 밝지만은 않았다.

대원군은 부인 민씨와 왕후 간택문제를 상의했다. 대원군이 정치를 좌지우지 하고 있었기 때문에 며느리 간택은 사실상 대원군의 몫이었다. 간택의 조건은 가문, 규수의 인물 그리고 자신의 정치적 입지에 방해가 안 되는 세력의 세 가지 조건을 어느 정도 갖춰야 했다.

"선왕의 삼년상도 마쳤으니 후계를 위해서 왕비 간택은 더 지체되어서는 곤란합니다."

조대비도 왕비 간택에 대해 서두르는 기색이었다. 대원군에게 직접 간택문제를 거론했다. 대원군은 퇴청하자마자 부인 민씨에게 다시 이 문제를 상의했다. 민씨는 기왕이면 자신의 가문에서 골랐으면 했으나 마땅하게 떠오르는 규수가 없었다.

"친정에서 딱히 떠오르는 규수가 없네요. 좀 더 알아보도록 할게요."

"그래요 서둘러야 해요. 대왕대비마마도 재촉을 하시니 널리 찾아보세요. 좋은 혼처를 꼼꼼하게 찾아보아야 할 듯 보입니다."

가까운 친정가문에서는 좋은 규수감이 없었으나 다행히 일가친척 중에서 민치록의 딸이 괜찮다는 생각

이 들었다. 다만 집안이 내세울 것이 없어서 머뭇거렸
다. 어릴 때 민치록의 딸을 본 적이 있는데 머리가 영
특한 것으로 생각되었다.

"대감, 민치록의 딸이 똑똑한 듯 보이는데, 집안이
한미해서 괜찮을는지 모르겠군요."

대원군은 집안이 변변찮다고 하니 오히려 귀가 솔
깃했다. 부인의 친정이라고 해도 거의 알려지지 않은
인물이었다.

"민치록이 누구지?"

"벼슬이 겨우 군수를 했어요. 그래서 모를 거예요?
거기에다가 일찍 죽어서 당신은 기억을 못할 겁니다."

"아, 그렇군. 아비도 없는 한미한 집안의 딸이군, 그
래."

"그 애의 어미도 아마 죽었을 거예요."

"천애고아로군. 왕비의 친정이 빈한한 것은 오히려
좋은 조건이라오. 외척들의 횡행으로 그동안 얼마나
나라가 시끄러웠소?"

"당신이 원하는 규수 같아요. 그래서 천거하는 것
입니다."

"그래도 인물은 출중한가? 성격은 어떻다고 하는지

좀 자세하게 알아봐주세요."

"네 꼼꼼하게 챙겨보겠습니다."

"그래야 미래의 화근을 막을 수 있어요. 고아라고 하니 걱정스러운 것도 있어요. 만약에 성격이 편벽된 아이라면 그것도 골치랍니다. 부모나 어른도 모르고 지 혼자만 챙기는 아이라면 곤란하지 않겠소?"

"맞는 말씀입니다. 사실은 부모가 반듯한 아이라야 좋은데. 잘 따져봐야 하겠네요."

"그럼 먼저 당신이 가서 한번 선을 보도록 해요. 그 래서 인물이 괜찮으면 운현궁으로 데리고 올라오세요. 나도 한번 인물을 살펴볼게요."

"그러지요. 한번 여주에 다녀오리다."

민씨는 주변의 눈을 의식해서 몰래 가마를 여주에 보내 규수를 태워 운현궁으로 데리고 와서 며칠 묵으면서 규수를 꼼꼼하게 살펴보고 남편에게도 먼발치에서 한번 보라고 말한다. 규수에게는 좋은 혼처를 구해주겠다고 하고 선물도 안겨서 돌려보냈다.

"어떤가요? 아이가 똑똑하지요?"

"그래, 괜찮은 아이로 보이네요."

"민씨 집안에 인물이 있다는 것을 확인했지요?"

부인 민씨의 어깨를 으쓱하면서 큰 소리를 치자 계면쩍은 대원군이 한 마디를 한다.

"그래 벌써 민비의 세도정치를 시작하려고 하는 거요?"

"세도라니요. 좋은 며느리를 고른 듯해서 기쁨에 겨워하는 얘기에요. 호호."

대원군은 다음 날 아침 궁으로 들어가서 조대비를 알현하고 민치록의 딸이 왕비로 손색이 없겠다고 천거를 한다. 조대비는 대원군 부인의 집안이라는 말에 안심을 하고 왕비로 간택절차를 밟자고 찬동을 표한다. 민씨 부인은 조대비의 뜻을 듣고 기쁨에 겨워 남편에게 말을 건넨다.

"와우. 며느리로 우리 민씨 가문 규수가 결정되겠네요. 다만 궁중에 아이가 들어오면 계모가 외로울 터이니 적당한 시기를 봐서 양자를 넣어줍시다."

"양자론 누가 좋을 듯한가요?"

그 집안은 한미하여 보잘것없는 처지라 양자를 둘 생각조차 못했다.

"양자로는 내 친정 동생인 승호가 들어가면 좋겠어요."

대원군도 자신의 처남을 그 집 양자로 밀어 넣으면

든든할 것으로 판단해서 흡족한 표정을 짓는다. 국혼은 일사천리로 진행되었다. 조대비의 조바심이 국혼을 신속하게 몰아가는 주요한 원인이었다. 관습에 따라 궁중에서 선을 보는 마지막 절차인 삼간택을 마친 조대비는 교서로 민치록의 딸과 임금이 대혼을 맺었다고 발표했다. 이미 사망한 국구 민치록에게는 영의정이 추직되었고 여성부원군(驪城府院君)으로 봉했음을 만천하에 공지했다. 다음으로는 궁중에서 친영례가 치러졌다. 소위 고종과 민비가 처음으로 맞선을 보게 되는 의식이다. 그 의식을 마친 후 고종 부부는 일반 혼례를 맺는 가인의 의식처럼 운현궁에 행차하여 친부모님인 대원군 부부에게 처음으로 절을 하고 새로 들어온 며느리 민비는 시부모님에게 처음으로 얼굴을 보이며 절을 올리게 된 것이다. 이제 혼인을 했으므로 정식 성인이 된 고종은 만조백관을 궁중에 모아 하례를 받고 국가의 경사이므로 전국의 죄수들에게 사면을 내려 나라의 경사를 백성들도 함께 즐기도록 조치했다.

"절차가 매우 복잡하구나. 너무 힘이 드는데, 꾹 참아야지."

어린 민비는 시골처녀다운 촌스러움을 밖으로 드러내지도 못하고 답답하지만 잘 이겨내며 절차에 잘 따랐다. 아름다운 자태에 상궁을 비롯한 궁중의 궁녀들과 심지어 내시들까지 모두 입방아를 놀렸다.

"위엄은 있어 보이지만, 미모가 이 상궁에게는 매우 달리네."

"그렇지? 맞아. 인물이 이 상궁한테는 상당히 밀리지 그래?"

"그러나저러나 궁중에 피바람이 불겠군."

"미모와 애교를 갖춘 왕의 애첩과 수수하지만 영리한 왕비간의 혈투가 시작되었다는 말일세."

"하여튼 큰일이네. 나라가 기울고 있는데, 궁중이 소란스럽게 되었으니 말이야."

"언제나 궁중이야 세상에서 벗어나 있는 공간이 아닌가?"

"아니야, 우리나라의 역사는 궁중의 암투에서 비롯되는 경우가 많았다네."

급작스럽게 왕후가 되긴 했지만 영리하고 민첩했던 그녀는 여주의 시골에서 편모슬하에서 고생을 많이 하면서도 몰락한 양반이기는 하지만 전통관습에 따라

글을 배워 학문에 대한 지식도 갖추고 있고 가난한 백성들의 동태도 잘 인지하고 있었다. 하지만 고독이 몸에 밴 여인이었다. 불과 여덟 살에 양친을 여읜 천애고아 민자영은 자신의 외로움의 본질을 누구보다 잘 알고 있었다. 이를 악물고 천하를 호령하는 여걸이 될 것이라고 마음속으로 다짐했다. 남편 고종보다 한 살이 위인 16세의 어린 아이였지만 오히려 어린 티를 못 벗어던진 고종에 비해 의젓하고 똑똑했다. 민비의 가난하고 음울했던 과거는 침몰해가고 있던 조선을 외척정치로 다시 몰아가는 퇴행의 역사로 끌고 가게 된다. 조선민족의 슬픔은 대원군의 잘못된 선택에 의해 이미 조금씩 발을 내딛고 있었다.

"중전이 소박을 맞았다며? 아니 임금이 몇 달째 중전 처소에는 근처에도 얼씬을 안한다며? 중전이 되면 뭐해 사실상 뒷방 여인이 아니야?"

"중전이 된 것은 하늘이 준 복인데, 복이 아니라 불행을 안겨다 준 것이네?"

궁전을 드나드는 사람들은 누구나 수군거렸다. 이름만 중전인 민자영에 대해 조롱도 해보고 동정도 하는 소리가 들렸다. 하지만 정작 당사자뿐 아니라 대원군까지도 민자영을 못마땅하게 생각했다. 민비가 왕손을 낳아주어야 하는데 왕손은커녕 주변에 빈정거리는 소리만 들리니 답답했다. 하지만 시아버지라도 베갯머리 정사를 간섭할 수는 없는 노릇이었다. 그러니 부인 민씨에 대해서 잔소리만 늘어놓는다.

"아니 당신? 민씨 가문의 영광이라고 자랑할 때가 언제인데, 왕손 소식이 없으니 며느리에게 무슨 흠결이 있는 것이 아니오?"

"항상 대감께서는 잘못된 것은 항상 내 탓이라고 하니, 너무 한 것 아닙니까? 조금만 기다려보세요. 상감도 젊고, 며느리도 영민하니 분명히 아들을 낳을 것이외다. 이제 겨우 혼례한 지 삼년밖에 안 되었소이다. 십년 동안 소식이 없는 임금도 많았소이다."

"십년을 기다리란 말이요? 중전이 아이를 못 낳으면 빈궁이라도 맞아야 하는 것 아니겠소?"

사실 시부모 내외가 떠들면 무엇 하겠는가? 당사자가 사랑을 나눠야 하는 것인데, 민자영은 고종으로부터 완전히 내외취급을 당하고 있으니 하늘을 보고 아이를 바라는 것과 마찬가지이다.

"상감마마, 제 방에만 오면 중전께서 저를 어떻게

볼 것입니까? 나중에 큰 화가 될 것이니, 간혹 중전 방에도 들리세요.”

“아니 혼례를 올릴 때에는 자네 방에 안 올까봐 이 상궁을 챙기라고 그렇게도 채근을 하더니?”

“그때는 상감마마께서 소인의 방에는 나타나지도 않으실까봐 걱정이 되어서 그랬지요? 하지만 요 삼년 사이에 너무 편애를 하시니 걱정스러워서 그렇습니다.”

“그럼 내가 중전 방에만 가고 네 방에 안 와도 된다는 말이냐?”

일부러 고종은 농으로 이 상궁을 골탕을 먹이려고 한다. 이 상궁은 웃으면서 고종의 행동을 받아넘긴다. 그만큼 결혼을 했는데도 불구하고 고종은 여전히 이 상궁에게 빠져 있었다. 하지만 문제는 고종이 이 상궁에게 5, 6년이나 빠져있었으나 태기가 없다는 사실이었다. 중전이 들어온 후 이 상궁도 걱정이 생기기 시작했고 조바심도 났다. 만약에 자신에게서 소출이 없으면 결국 밀려날 것이 아닐까 하는 우려로 매일 밤을 제대로 못 잤다. 그래서 좀 더 교태와 색기로 상감에게 접근해야 하겠다는 생각을 굳혔다. 아이가 생기는데 좋다는 한약재를 몇 채나 구해 먹었다.

"상감마마, 오늘밤은 술을 적게 마시고 저와 질탕하게 어울려야 되옵니다."

"아니 네가 왜 갑자기 달라진 모습을 보이느냐? 걱정이 되는구나."

"달라진 것이 아니라 아이에 대한 암컷의 걱정이옵니다. 널리 이해해 주시옵소서."

"알았도다. 내심 나도 걱정이 된다. 부모님이 장손타령만 하시니 이제 듣기도 싫구나."

이 상궁은 술상을 뒤로 물리고 원앙금침을 깔아 놓고 자신은 요에 반듯이 누워버린다. 눕기 전에 이미 겉치마와 저고리는 벗어 대전 방 위쪽에 접어놓는다. 촛불이 아른거릴 때마다 속치마만 입은 이 상궁의 몸이 그대로 일렁거린다. 말이 없이 그 모습을 바라보고만 있던 상감은 침을 꿀꺽 삼키고는 앞으로 다가간다. 상감은 이 상궁의 팔을 잡고 속치마의 끈을 찾아 고름을 푼다. 속살을 그대로 드러낸 채 이 상궁은 말없이 그냥 누워있다. 그녀의 달라진 모습에 고종은 내심 당황했으나 암컷의 앙큼한 행동에 흥분하여 급하게 몰아댄다. 이미 상감의 손은 탐욕에 떨며 이 상궁의 가슴을 범한다. 다른 한 손으로는 치마를 당겨 아래로 늘어뜨린다. 이제 속바지와 속곳만 남았다. 촛불은 여전히 잔바람에 아른거린다. 가만히 미동도 않고 누워 있는 이 상궁의 가냘픈 몸이 오늘따라 더욱 매혹적으로 느껴진다. 상감은 자신의 한복도 모두 벗은 채 위쪽으로 집어던진다. 평소 같으면 이 상궁이 임금의 옷을 섬섬옥수로 개서 위쪽에 단정하게 놓았을 것이다. 하지만 오늘 밤은 상감이 직접 옷을 벗어 개지도 않고 이부자리 위쪽으로 던져버린다. 왕의 거친 행동에 누워있던 이 상궁의 몸도 움츠러든다.

"부끄럽사옵니다. 용안을 이리로 주시옵소서."

이 상궁은 상감의 몸을 포개어 자신의 몸이 그대로 촛불에 노출되는 것을 막아보려는 의도를 드러낸다. 그녀는 상감의 입술에 자신의 입술을 갖다 대어 마찰을 한다. 귀에서 귀뚜라미 소리가 들리고 여치의 날개짓이 눈에 아른거린다. 상감은 더욱 흥분되어서 이 상궁 몸에 있던 마지막 천까지 낚아챈다.

"정말로 아름다운 형상이로구나. 여러 차례 말했지만, 오늘은 더욱 바다 위를 차고 오른 날치 같구나. 자연의 신비 그 자체로다."

이 상궁은 상감의 속삭임의 말도 귀에 들어오지 않

았다. 단지 오늘 밤에는 상감의 깨끗한 이슬을 속으로 받아내겠다는 생각밖에 없었다. 꼭 아들을 낳아야 하겠다는 어미의 간절한 본능은 무서웠다. '갈택이어(竭澤而漁)'란 고사성어가 있다. 연못의 물을 모두 퍼내어 고기를 잡는다는 뜻이다. 그만큼 이 상궁의 사정이 절박하다는 것이다. 춘추시대 진나라의 문공은 성복이라는 곳에서 초나라와 일대 결전을 펼치게 되었다. 그러나 초나라의 군사의 수가 진나라보다 훨씬 많을 뿐 아니라 병력도 막강하였다. 그래서 별다른 뾰족한 수가 없을까 하여 호언에게 물었다.

"초나라의 병력은 많고 우리는 적으나 이 싸움에서 이길 방도가 없겠는가?"

호언은 즉시 대답을 했다.

"저는 예절을 중시하는 자는 번거로움을 두려워하지 않고, 싸움에 능한 자는 속임수를 쓰는 것을 싫어하지 않는다고 들었습니다. 속임수를 써 보십시오."

문공은 이옹을 불러 그의 생각을 물어보았다. 이옹은 호언의 속임수 작전에 동의를 하지 않았다. 그렇다고 다른 방법도 없었으므로 다만 이렇게 말했다.

"못의 물을 모두 퍼내어 물고기를 잡으면 잡지 못

할 리는 없지만, 그 훗날에는 잡을 물고기가 없게 될 것이고, 산의 나무를 모두 불태워서 짐승들을 잡으면 잡지 못할 리가 없지만 뒷날에는 잡을 짐승이 없을 것입니다(竭澤而漁 豈不獲得, 而明年無漁. 焚藪而畋 豈不獲得 而明年無獸)."

"지금 속임수를 써서 위기를 모면한다 해도 영원한 해결책이 아닌 이상 임시 방편의 방법일 뿐입니다." 이옹의 비유는 눈앞의 이익만을 위하는 것은 화를 초래한다고 조언을 한 것이다.

"지금 제 심정은 '갈택이어'입니다."

"알고 있느니라. 지금은 흥분상태이니 더 이상 말이 귀에 들어오지 않는다."

상감은 이 상궁의 몸 위에서 거북이 등처럼 휜 상태에서 활을 잡아당겼다. 등을 구부렸다가 펴는 순간 그녀는 몸이 오그라들면서 전율하지 않을 수 없었다. 상감은 때를 놓치지 않고 다시 활처럼 등을 휘어 틀더니 그녀의 꽃 속 살 속으로 돌진하기를 멈추지 않았다. 이 상궁은 체신을 생각하지 않고 요동을 쳤다. 그녀의 몸은 자신도 모르는 사이에 격렬하게 파동을 쳤다. 그녀는 숨 가쁘게 움직이며 서두르고 있다. '나

에게는 지금 이슬 한 방울이 필요하다. 아침이슬이!'
주문을 외우듯 이 상궁은 중얼거린다. 배위의 상감은
더욱 돛을 돌리며 행진을 계속한다. '순풍에 돛단 듯
이'란 말처럼 채찍질을 반복한다. '앞으로 달려 나가
자, 앞으로! 말을 달리자!' 이 상궁은 한결같이 고개를
옆으로 틀면서 눈에 힘을 주고 두 주먹을 발끈 쥔 채
상감이 용트림하기만을 기다린다. 조급하게 말달리던
상감의 몸이 으스러질 만큼 강하게 끌어당기니 그녀
도 부지불식간에 그의 등을 와락 끌어안는다. 상감이
앓는 듯한 신음을 밖으로 내뱉더니 이 상궁의 오묘한
꽃 살 속으로 뜨거운 이슬을 쏟아 붓는다. 상감의 용
트림이 계속될수록 이 상궁은 더욱 그의 몸을 강하게
끌어당긴다. 허벅지가 경련을 일으킬 정도로 아파도
자연현상에 몸을 내맡기며 상감의 깊은 숨결을 얼굴
로 받아낸다. 임금의 몸이 마치 커다란 수말처럼 느껴
졌으나 몸이 이렇게 가볍고 싱싱하게 유지된 적은 별
로 없었다. 긴장을 풀자 피조개의 두꺼운 껍질이 약간
벌어졌다. 지친 상감도 이 상궁의 땀으로 배어난 꽃
살로부터 벗어나 가쁜 숨을 내어 쉬고 있다. 석류를
한 입 가득 배어 물 때 나는 쉰 냄새가 어디선가

낳으나 마음이 개운함을 느꼈다. 이 상궁은 다시 상감의 배위로 자신의 열린 가슴을 밀착시키고 손으로 용안을 감싸 안았다. 땀으로 뒤범벅이 된 상감도 모처럼 흐뭇한 표정을 지었다.

"어디서 석류내음이 나요"

"그런가 너의 몸에서 꽃내음이 나는구나. 꽃내음이."

"이성지합이란 말이 오묘한 진리로구나. 이 상궁, 너의 몸을 이렇게 거칠게 범한 적이 없었지 않느냐? 네가 점차 요물이 되어 가는 징조냐?"

"상감마마께서 저를 지난밤에 요물로 만들어놓으시고 능청을 떠시면 되시나요? 흐흐."

그날로부터 태몽을 꾸었던 이 상궁은 점차 배가 불러오는 것을 느꼈다. 며칠 후 이 상궁의 방을 찾은 상감에게 그녀는 기쁜 소식을 전했다. 고종의 기쁨은 말을 타고 사냥 나가서 꿩을 한방에 맞혀 잡은 것보다 기뻤다. 소문은 입에서 입으로 퍼져나갔다. 임금은 내의원을 불러 출산을 위한 한약재를 다려 올리라고 명을 내렸다. 모두들 기뻐했으나 궁중의 한 여성만 질투심으로 몸을 떨고 있었다. 민비는 생각을 달리했다.

우선은 이 상궁에 대한 질투를 분출하는 것보다 고종을 자기 방으로 유도하는 것이 급선무였다. 그러자면 여인의 향기를 내뿜어야 한다고 판단했다.

"거기 누구 있느냐?"

"네에, 찾으셨습니까?"

"김 상궁에게 말해서 목간을 준비해라. 그리고 몸을 부드럽게 다듬을 궁녀를 준비시켜라."

"네에. 분부대로 대령하겠나이다."

민비는 자기 몸을 깨끗하게 하고 나인들을 동원하여 몸매를 관리하는 데 정성을 다하기로 마음을 정했다. 화장과 옷단장에도 예전과 다른 방식을 선택했다. 색기가 흐르는 요염한 분장을 선택하고는 밤에 맞는 의상을 준비하도록 지시하기도 했다. 정작 중요한 것은 남편인 고종을 중전의 방으로 유도하는 것이었다. 하지만 고종은 중전의 방 근처에도 얼씬거리지 않았다. 민비의 시름은 깊어만 갔다. 민비의 투기심은 극에 달했고 그러한 분노는 점차 정치에 대한 야심으로 옮겨갔다.

"이 상궁이 정말 아들을 낳았다더냐? 너무나 기쁘구나."

"네에. 내의원에게 확인했사온데, 아드님을 순산했다고 하옵니다."

내시 이민화는 고종에게 득남 소식을 제일 먼저 전했다.

"내가 직접 가봐야 하겠구나. 채비를 차려라."

"네에. 분부대로 거행하겠나이다."

고종은 한달로 달려가 이 상궁의 처소에 득달했다. 미리 상궁에게 준비시켜 아이의 옷과 가죽 신발까지 갖추어서 달려갔다. 이 상궁이 몸이 성치 않은데도 불구하고 상체를 일으켜 예를 갖췄다.

"괜찮으니라. 해산 후 몸도 아직 안 풀렸을 터이니 그냥 누워 있으라. 아비로서 너무 기뻐서 달려왔느니라. 여기 아이의 옷과 신발을 선물하니 아이를 잘 길러야 하느니라."

"네에, 너무 감사합니다. 과분한 선물에 눈물이 다 나옵니다."

이 상궁은 감격하여 흐르는 눈물을 훔치며 여러 차례 상감에게 고맙다는 말을 전달한다. 고종도 이 상궁의 손을 두 손으로 감싸 잡고는 한동안 말이 없이 앉아 있다.

"너무나 기쁘구나. 그동안 고생을 많이 했다. 내의원에게 명해 탕약기와 몸을 보신하는 한약재를 보낼 테니 잘 다려먹도록 해라."

"네, 상감마마. 황송하나이다."

대원군 내외도 이 상궁이 아들을 낳았다는 소식을 듣고 매우 기뻐하며 나라의 운명이 상승하는 기운이라는 반응을 보였다. 대원군은 민비가 소생을 낳지 못하고 이 상궁에게서 아들이 탄생하자 그를 대군으로 칭하고 세자책봉도 서둘러야 한다고 생각했다. 고종 5년 대원군은 조대비와 상의하고는 이 상궁 소생의 아들에게 완화군이라는 칭호를 봉하고 왕손 모자를 지극히 사랑했다. 이러한 소식을 전해들은 민비는 질투심에 몸을 부르르 떨기까지 했다. 시아버지 대원군에 대한 증오심도 극에 달했다. 꼭 이러한 상실감을 되갚을 날이 있을 것이라고 각오를 다지기도 했다.

"너희들, 이 상궁 처소로 갈 테니 채비를 차려라."

김 상궁은 민비의 이러한 투기에서 비롯된 즉흥적인 행동에 대해 자제할 것을 설득했으나 이미 질투심으로 평정심을 잃은 민비는 지시대로 할 것을 강요했다. 민비는 김 상궁과 궁녀 몇몇을 이끌고 이 상궁의 방으로 향했다. 이 상궁은 완화군을 돌보다가 급히 옷 깃을 여미고 달려 나와 중전을 맞이한다.

"네 이년 고이한 년, 중전이 왔는데, 바로 달려 나 오지 않고 시간을 끌어?"

"아닙니다. 완화군에게 젖을 먹이다가 옷을 갖춰 입고 나오느라 지체되었습니다."

민비는 이 상궁 앞으로 나가서 뺨을 후려친다. 이 상궁은 생각지도 못한 행동에 몸을 피하지도 못한 채 그대로 폭력에 내맡긴다. 이 상궁의 얼굴에 붉은 손자 국이 남는다.

"아니 무슨 변명을 주절주절 늘어놓느냐?"

"변명이 아니옵니다. 중전마마께 예의를 갖추지 않 는다는 말씀은 오해이십니다."

"니가 아들을 낳았다고 기고만장하구나. 중전이 눈 앞에 보이지도 않는단 말이냐?"

"아니옵니다."

이 상궁은 대꾸도 못하고 흘러내리는 눈물을 감추 지 못하고 뚝뚝 흘리고 서있다. 질투심에 분기에 찬 민비는 이 상궁에게 호통을 치면서 화풀이를 한다.

"니 년이 어떻게 여우같이 굴기에 상감이 니 년방

에서만 놀고 중전의 처소는 거들떠보지도 않는단 말이냐? 중전의 마음을 조금이라도 생각해 보았느냐?"

"오해이십니다. 상감마마가 상궁인 제 방에서만 지내신다는 말씀은 오해이십니다."

"앞으로도 계속 여우 짓을 하면 그냥 놔두지 않을 것이다. 제대로 처신하기 바란다. 오늘은 이 정도로 하고 물러나지만 지금처럼 임금을 혼자서 끼고 돌면 그냥 놔두지 않을 것이다. 잘 알겠느냐? 네 년 목숨은 물론이고 완화군의 목숨도 명줄을 끊어놓을 것이다."

이 상궁은 답이 없이 그냥 흘러나오는 눈물을 닦으며 흐느끼기만 한다. 고종이 완화군을 보러 이 상궁의 방으로 와서 시간을 보내도 전에처럼 기쁘게 맞이하지 않고 우울한 표정을 짓는다.

"무슨 고민이 있느냐? 왜 얼굴색이 밝지 못하느냐?"

"아니옵니다. 그냥 제 인생이 슬퍼서 그러한 것이오니 괘념치 마시옵소서."

"아니 중전이 너를 괴롭히기라도 했느냐? 처소의 분위기가 냉담하니 말이다."

"그냥 오늘 우울해서 그렇습니다. 그래서 그러니 신경 쓰지 마시옵소서."

"분명히 무엇인가가 있다. 왜 임금인 나에게 말을 하지 않느냐? 중전이 네 방에 다녀간 적이 있지?"

"말씀 드리기 곤란하오나, 왕비마마의 처소에도 가끔 들르시옵소서. 그래야 완화군의 신변에도 도움이 될 듯하옵니다."

"무슨 협박이라도 있었느냐? 완화군을 거론하게?"

"말씀 드리기 곤란하다고……"

"참으로 궁금하구나. 이 상궁이 나에게 감추는 것이 있으니 말이다."

고종은 농으로 말을 붙이지만 중전이 투기심으로 이 상궁을 괴롭혔을 것이라고 짐작은 하고 있었다. 하지만 이 상궁은 제 입으로 직접 말을 하지 않는 것이다. 참으로 현명한 여인이다. 고종은 더욱 이 상궁과 완화군에 대한 믿음이 강해짐을 느꼈다. 그래도 이 상궁과 완화군을 보호하기 위해 내시부에서 정해주는 합궁 일을 받아 중전의 처소에 들기로 했다. 그동안은 내시부에서 뭐라고 해도 합궁일 자체를 잡지 못하게 했으나 마음이 변한 것이다. 내시부에서도 놀랐다.

"상감마마, 웬일로 중궁전에 다 들다니 서쪽으로 해가 들겠나이다."

"왜 지아비가 제방을 찾아왔는데, 기쁘지 않다는 말씀이오?"

"그런 뜻이 아니옵고, 오랜만에 소인을 찾아주시니 황홀해서 그렇습니다."

고종은 멀리서 보던 민비의 몸에서 색기가 흐르는 것에 대해 의아하게 생각했는데, 막상 오늘 밤 가까이서 대해보니 지적인 것보다 정적인 면이 더 강하게 드러나고 있음을 확인하고 내심 놀라게 된 것이다. 화장도 짙게 하고 피부색도 좀 더 부드럽고 하얗게 다듬어져 있는 것 또한 달라진 면이었다. 전에는 오뚝한 콧날에서 강하다는 인상을 받았는데, 오늘은 충동적인 속성도 지닌 여인네구나 하는 생각이 들었다. 중전은 이미 나인들을 시켜 주안상을 준비해두도록 지시를 내렸었다.

"오늘밤은 상감과 한잔 나누고 싶습니다. 그동안 내외간에 적적하지 않았소이까?"

"허참, 우리 내외가 함께 술을 든 지가 꽤 오래 되었소이다, 그려?"

"오늘 밤 오붓하게 드시와요. 좋은 술을 준비해두었습니다."

"그래 부인이 따라주는 술잔을 받아봅시다."

고종은 마음에 크게 내키지 않았지만, 민비가 건네는 술잔을 받아들었다. 제법 다소곳하게 굴고 자상하게 대하는 왕비가 새롭게 느껴지는 것도 사실이었다. 민비 또한 모처럼 술잔을 권하며, 그동안의 시름과 소외감을 떨쳐버리고 싶었다.

"요즈음 상감께서는 별다른 어려움은 없으신지요?"

"군왕이라는 것이 항상 바쁘고 피곤한 일이 많아지는 것이 일상이 아니겠소?"

"그런 말씀이 아니라, 시아버님께서 모든 권력을 움켜쥐고 계시니 불편한 마음도 드실 것이라는 말씀이옵니다."

"아니 아버님이 연세도 있으신데, 그렇게 권력에 대해 많은 욕심이 있으시겠소이까?"

"상감께서 이제 보령이 꽤 되셨는데, 수렴청정을 그만 두실 때도 되지 않았습니까?"

"아니 그런 정치적인 이야기는 중전과 나누는 것이 아닐 듯하오. 그래 내명부 일에는 별 어려움이 없소이까? 대왕대비 마마께는 자주 찾아뵙는지요?"

고종은 되도록 대원군에 대한 이야기는 대화에서

제외하고 싶었다. 그래서 화제를 급히 돌리려고 했다. 하지만 민비는 작심을 했는지, 예민한 문제를 끄집어 낸다.

"이제 상감께서 보령이 되었으니 직접 친정을 할 때가 되었다고 생각합니다."

"그 얘기는 그만하자고 해도……."

고종은 짜증을 냈으나 내심 그동안 고민이 많던 문제이기도 했다. 그래서 혼자서 연거푸 자작을 하면서 술잔을 기울이고 있다. 민비는 틈을 주지 않고 술잔을 기울이면서 상감의 곁으로 다가 앉는다. 우연히 술잔을 따르다가 두 사람은 손이 닿게 되었다. 고종은 민비의 얼굴을 뚫어지듯 바라본다. 민비도 지아비의 눈을 마주 바라본다.

"용안을 쳐다본 지도 꽤 된 듯싶습니다."

"그래 중전의 손을 잡아본 것이 언제였더라?"

손을 잡힌 중전은 마음이 푸근해짐을 느꼈다. 취기가 돌았지만, 정신을 차리고 고종과 이날 밤은 합궁을 반드시 하겠다고 속으로 되뇌이었다.

"상감, 술이 취한 것으로 보이니 술상을 뒤로 밀고 이부자리를 볼까요?"

"아니 시간이 많이 되었나? 몇 잔 더 하고 싶소이다."

고종은 꼬부라진 목소리로 술을 계속 따르라고 소리를 친다. 몇 잔을 따른 민비는 술상을 밀고 이부자리를 깐다. 상감도 더 이상 말리지를 않는다. 벌써 평소보다 많이 술을 마셔서 몸이 말을 듣지 않고 있었다. 그냥 중전의 행동을 지켜볼 뿐이었다.

"옷을 벗으시고 금침에 오르시옵소서."

민비는 상감의 웃옷을 벗기고 몸을 부축하여 자리에 눕힌다. 밤늦게까지 취해 누워있던 고종을 물끄러미 바라보던 민비는 그의 옆에 팔베개를 하고 함께 누웠다. 새벽에 갈증을 느껴 동시에 눈을 뜬 두 사람은 처음으로 부부로서 운우지정을 나눈다.

"아침이옵니다. 일어나셔서 죽을 먼저 드시고 하로차를 마시옵소서."

"아니 벌써 아침이라고? 밤에 술을 많이 마셨나보구려."

"네에. 상감께서 술에 취해 그냥 중궁전의 보료에서 잠이 드셨나이다. 그래서 제가 나인들을 시켜 특별하게 숙취에 좋은 야채를 넣어 죽을 끓여 올리라고 했어요. 그리고 연잎에 서린 이슬로 만들었다는 하로차를 한잔 준비했사옵니다."

"야채죽도 맛이 있었지만, 하로차라는 말만 들어도 술이 깨는 기분이라오. 신라 때 여걸인 미실이가 마셔서 미모를 뽐냈다는 차가 아니오? 여인들에게만 좋은 줄 알았는데, 숙취에도 좋다고 합니까?"

"중국문학사에 나오는 「부생육기」의 주인공 운이 달였다는 차가 바로 하로차(荷露茶)이옵니다. 부부로서 낭만적 사랑을 이어가자는 의미로 끓였사옵나이다."

"아니 그런 고사를 꿰고 있다는 말씀이오? 미관말직의 남편 수입으로는 향기로운 고급차를 구할 수 없었던 운(芸)은 연못에 피는 수련 속에 밤새 차 잎을 넣어두었다가 아침에 꺼내서 달였다고 전해집니다. 해가 지면 꽃잎을 닫는 수련의 생태를 보고 그녀는 오므린 꽃잎 속에 차를 넣어 밤새 이슬과 향기를 듬뿍 머금게 했고 해가 뜨면 차 주머니를 꺼내 차를 달여 냈다고 합니다. 남편에 대한 지극한 아내의 사랑을 비유할 때 흔히 사용하는 고사가 아니요?"

"상감도 그 고사를 알고 있군요. 제 정성을 알아주

십사 하는 의미로 달렸습니다."

고종은 하로차를 마시며 민비를 다시 보게 되었다. 강직한 성품 때문에 여인 같은 느낌이 들지 않아서 멀리했는데, 이렇게 보니 여인의 향기가 느껴졌다. 은은한 연꽃 향기가 밀려드는 듯했다. 고종과 하룻밤을 동침한 민비는 용기백배하여 고종의 친정 복귀를 위한 지원군 규합에 주력하는 동시에 세자를 낳기 위한 좋은 약재를 구해 먹기 시작한다. 또한 측근인 상궁과 나인들과 함께 이 상궁과 완화군을 제거하기 위한 흉계도 꾸민다. 대원군의 우유부단한 성격은 약해질 대로 약해진 조선의 운명에 평지풍파를 일으킨다. 조선은 고종 대에 와서 더욱 바다에 누워버린 범선모양으로 침몰상태로 빠져들게 된다.

"이 상궁의 소생으로 세자를 삼을 움직임이 조정에서 있자, 민비가 질투를 더욱 심하게 하나봅니다."

"중전이 투기를 심하게 부린단 말이오?"

대원군의 부인 민씨는 남편이 며느리 흉을 보는 것이 거북했다. 중전이 자신의 집안사람이기 때문이었다. 민씨 부인은 아이를 낳지 못하는 며느리를 추천했다는 남편의 힐난이 두려워 친정 출신의 며느리를 두

둔도 못하고 진퇴양난에 빠졌다.

"민비가 투기를 부려도 왕실의 대가 끊어지기 전에 왕손인 완화군으로 세자를 봉해야 하오. 그렇지 않소이까? 대왕대비마마도 적극적으로 찬성을 하고 있으니 대세는 정해진 것이외다."

"며느리가 찬동을 할 것 같소? 세자 책봉을 거론하기에는 아직 때가 이른듯 하오. 중전의 나이가 아직 젊으니 좀 더 시간을 두고 논의하는 것이 좋지 않겠소이까?"

중전으로부터의 태기 소식은 없고 조정대신들 사이에 세자 책봉에 대한 얘기가 심심찮게 들리는 가운데, 갑자기 건강하던 완화군이 죽어버렸다. 대왕대비를 비롯해서 세 명의 대비들로부터 귀여움을 독차지 하고 있던 완화군이 급사하자, 이 상궁은 위기에 처하게 된다. 곧 이 상궁도 모함을 받아 궁에서 쫓겨나 자하문 근처의 여염집에 감금되고 만다. 이 상궁이 궁의 담을 넘어 다니면서 외간 남자와 밀회를 즐겼다는 소문이 퍼져나가 고종의 귀에까지 들어갔기 때문이다.

"고년이 상감이 자신을 멀리하고 중전과 가까워지자 질투를 느껴 외간남자를 불러들여 밀통을 했다고 합니다."

"아니 말이 되는 소리요? 궁 밖의 외간남자와 밀통한다는 것이 가능한 소리요?"

고종은 중전의 고자질에 반신반의했으나 목격했다는 증인도 나타나고, 완화군이 죽어버리자 이 상궁에 대한 애정도 식어버려 이 상궁을 궁밖으로 축출하는 데 동의를 한다. 이 상궁은 나중에 궁밖의 처소에서 민비가 보낸 자객의 습격을 받아 살해되고 만다.

"민비가 이 상궁에게 자객을 보내 살해했다네. 국모가 아니라 질투심에 불타는 흉악한 여자야."

"완화군을 독살한 것도 민비라는 소문이 있어."

궁중의 소문은 궁중을 드나드는 무속인들의 입을 타고 백성들 사이에도 널리 퍼져나갔다. 고종을 등에 업은 민비는 이미 자신의 오빠들을 통해 은밀하게 자파세력을 구축하고 있었다. 그러니 소문만 가지고 민비와 관련된 진상을 파헤칠 세력은 없었다. 완화군을 세자로 책봉하려는 시도가 있었을 때 이미 민비는 자파의 이유원을 청나라 동지사로 파견하면서 이홍장에게 선물을 보내고는 천한 궁녀의 소생인 서자인 완화군을 세자로 책봉해서는 왕실의 적통이 무너지게 된다고 전하고, 대원군의 전횡으로 조선 왕실이 위태롭게 되었다는 고자질도 일삼았다. 외세를 등에 업고 민비가 노골적으로 정치에 개입을 시작한 것이다. 완화군의 세자책봉을 사이에 두고 대원군과 며느리 민비가 정면충돌을 하게 된 것이다. 민비는 대원군을 몰아내기 위해 자신의 오빠 등 민씨 성을 가진 외척을 모아 외척정치를 하면서 매관매직과 부패정치를 편다. 민씨 일파는 물론 안동 김씨의 김병기와 김병국, 풍양 조씨의 조영하, 서원철폐에 맞선 대원군 반대세력, 탕평책으로 배척되었던 세력을 모두 곁에 둔다. 특히 민비는 친정집 돌보기에 열중하여 성이 민가라고 하면 멀고 가깝고를 따지지 않고 동일시하여 특혜를 주었다. 대원군의 장인은 민치구인데 고종의 외조부이다. 그는 인현왕후의 남동생 민진영의 4대 손이다. 민치구는 아들 삼형제 민태호·민승호·민겸호를 두었다. 이중 차남 민승호가 민치록의 양자로 입적되어 민비의 양오빠가 된다. 하지만 민승호는 민비가 권력을 잡은 후 민씨 집안의 수장역할을 하다가 집안에 배달된 상자를 열다가 폭탄테러로 살해당한다. 이때 생부 민치구도 함께 사망했다. 민치구의 셋째 아들 민겸호는 임오군란 때 피살되었다. 민비가 득세한 후 챙긴 자파 민씨 집안사람으로는 민비의 12촌 오빠 민태호, 민규호와 민비의 친척 오빠인 민두호가 있다. 민겸호의 아들 민영환, 민태호의 아들 민영익, 민규호의 양자 민영소, 민비의 11촌 조카 민영목, 민비의 13촌 조카 민영위와 그 외에 민영상·민영규·민영휘·민병석 등의 인물이 있다. 민비는 심지어 세자빈도 민씨 집안에서 간택을 했다. 세자빈으로는 세자보다 한 살 위인 민태호의 딸을 맞이했다.

"중전이 아들을 낳았다네요."

"정말이야? 중전이 첫 아들을 낳았다구?"

친동생인 민승호로부터 소식을 들은 대원군의 부인 민씨는 기쁨을 감추지 못하고 남편에게 전한다. 대원군도 왕손이 나왔으니 기뻐할 수밖에 없었다. 그러나 기쁨도 잠시였다.

"세자가 대변을 누지 못하는 병에 걸려서 위독하다고 하네."

"무슨 그런 희귀한 병도 있는가?"

대원군은 걱정스러워 어렵게 구한 산삼 한 뿌리를 들고 중궁전을 찾아 위로를 한다. 독삼탕을 끓여 먹이

면 아이가 병을 고칠 수도 있다고 조언을 한다. 하지
만 효험도 없이 아이는 사흘 만에 죽고 만다.

"아니 시아버지가 산삼을 먹인 것이 독이 되어 아
이가 죽었다는 소문이 돌고 있는데, 사실인가?"

민비는 내의원은 물론 민간 병원에까지 항문이 막
힌 아이에게 산삼이 효능이 있는가에 대해 자문을 구
한다. 구체적인 의사의 진단도 없었지만, 며느리 민비
는 소문을 믿으면서 대원군을 증오하기 시작한다. 두
사람의 관계는 돌아설 수 없는 다리를 건너고 만다.
민비는 아들을 잃은 슬픔을 새로운 아들을 얻기 위한
기도를 통해 위로했다. 궁중에서는 사흘이 멀다 하고
굿판을 벌였고, 무당과 중, 그리고 자칭 도인들이 활
개를 치고 궁중을 드나들었다. 민비는 그들과 함께 명
산대찰을 찾아다니며 세자 탄생을 비는 기도를 하러
다녔다. 이러한 미신으로 인해 국가 재정은 고갈 상태
에 이르렀다. 심지어 임오군란 때문에 궁녀의 옷을 입
고 무예별감 홍재희에게 업혀 궁중을 탈출하여 친정
이 있던 장호원으로 간 민비는 그곳에서 만난 과부인
무당이 곧 궁전으로 환궁할 것이라는 예언을 했다고
하여 뒤에 진령군이라는 작호를 내렸다. 진령군을 통

한 매관매직은 심각한 양상으로 발전했다. 관직을 통한 출세를 위해서는 성균관보다는 진령군을 통해야 한다는 소문이 백성들에게 퍼져나갈 정도였다. 또 맹인 이당주는 정이품 자헌대부의 작호를 받아 처첩을 거느리고 호화롭게 살았다. 그가 한 일이라는 것은 대원군의 화상을 붙여놓고 그의 첩들에게 네 번 절하고 마흔 번 주문을 외우면서 왼손으로 49발의 화살을 쏘아 7일 안에 죽게 하는 저주를 행하는 것뿐이었다. 심지어 민비는 아들을 출산하기 위한 푸닥거리를 하는 무당과 박수들의 경비를 대기 위해 국고로는 경비가 모자라자 적자를 메꾸기 위해 당오전까지 발행하여 조선의 경제를 피폐하게 만들기도 했다. 심지어 빈민구휼을 하는 선혜청 전곡까지 기도의 비용으로 모두 가져다 써서 텅텅 비게 만들었다.

권력무상

"마님, 도와주십시오. 천주교 신자들을 박해하면 그들에게 포교하는 서양 선교사들의 나라가 군함을 몰고 와서 우리나라를 단번에 쑥밭으로 만들어 놓을 것입니다."

"정말 그런 변란이 일어나면 큰일이네."

천주교도인 유모 박씨는 대원군의 부인인 민씨 부인에게 국제정세와 천주교를 연결시켜서 소상하게 설명을 하고 도움을 청했다.

"마님, 우리들이 천주님께 기도할 때는 먼저 상감

님의 복부터 빕니다. 아드님이 임금이 되신 것도 천주님이 내리신 은총의 덕분입니다. 천주님의 가르침의 핵심은 모든 사람을 평등하게 사랑하고 외국끼리도 평화를 숭상하면서 서로 전쟁을 하지 않고 살자는 주의입니다. 과거처럼 나라에서 천주교를 탄압하면, 결국 나라가 망하게 되고 탄압한 사람들은 지옥으로 굴러 떨어지게 됩니다. 대원군 대감께서는 백성들을 잘 살게 하려고 인자한 정치를 베풀고 있습니다. 그런데 완고한 대감들이 천주교도들을 오랑캐라고 몰아세우며 양반세도가를 몰아내고 평민과 상놈에게까지 혜택을 주신 대원군 대감의 총명을 흐리게 하고 있습니다. 대감을 설득해 주시면 고맙겠습니다. 천주교도들도 모두 조선의 착한 백성들입니다."

"자네의 뜻은 잘 알겠고, 대감이 들어오시면 잘 설득을 해보겠네. 우선 청나라를 볼 때 서양과 전쟁을 해서는 안 될 것이야."

고종이 어릴 때 유모였던 박소사는 천주교 신자였다. 유모 박소사는 고종이 어릴 때부터 충실한 유모 노릇을 했으며 임금이 된 뒤에도 궁중에 따라 들어가 측근으로서 돕고 있었다. 대원군의 부인 민씨는 이러한 유모 박씨를 무척 신임했고 그의 말 또한 옳게 느껴졌다. 유모 박소사는 남편 홍봉주로부터 들은 지식을 토대로 민씨 부인을 설득했던 것이다. 홍봉주는 독실한 천주교도였으므로 아내가 임금의 유모인데도 불구하고 전전긍긍하면서 지내고 있었다. 박소사로부터 곧 남편에게 얘기해서 천주교도들의 박해를 막아주겠다는 민씨 부인의 호의를 전달받고 홍봉주는 신도이면서 친구 사이인 남종삼에게 그 말을 전했다. 남종삼도 전부터 대원군과 친교를 맺고 있어서 찾아가서 천주교의 포교 자유를 호소했다.

> 이튿날 그(대원군)는 남요한(종삼)을 다시 불러 그와 더불어 오랫동안 천주교에 관한 이야기를 나누었다. 그는 이 교리의 모든 것이 아름답고 참됨을 인정하였다. 그리고 그가 '다만 내가 비난하는 것이 한 가지 있소. 당신네들은 왜 조상에게 제사를 지내지 않소?' 하고 덧붙였다.
>
> (달레, 『한국천주교회사』, 387쪽)

대원군도 남종삼의 얘기와 부인 민씨의 말을 전해 듣고 마음이 움직였다. 천주교의 탄압은 완고한 유교사상의 맹신자로부터 나왔으므로 양반들에게 철퇴를 가한 대원군으로서는 천주교를 해방시켜주더라도 큰 문제가 없을 것이라는 생각이 들었다. 또 그들 선교사를 통해 남하하려는 노서아를 막는 것도 좋은 방안이라는 생각에 미쳤다. 하지만 조정대신들을 설득하는 것이 쉽지 않아보였다.

"하여튼 조정대신들과 논의를 해보도록 하겠네. 아까 불란서 선교사가 누구라고 했는가?"

"베르누 선교사인데 조선이름으로 장경일입니다."

"그렇군. 그와도 한번 만나 세상 돌아가는 것을 논의해 보고 싶네. 주선을 해주게나."

"그도 매우 기뻐할 것입니다. 지금 베르누 선교사가 마침 일이 있어서 지방에 내려가 있으니 돌아오는 대로 약속을 잡아 보겠습니다."

남종삼은 재삼재사 대원군에게 포교의 자유를 당부하고는 운현궁을 빠져나왔다. 그는 천주교도들의 목숨을 구해냈다는 기쁨에 젖어 환호를 했던 것이다. 하지만 조정대신들을 설득하는 것은 쉽지가 않았다.

"순조임금 때부터 천주학은 엄격하게 금했습니다. 신유사옥의 잔당들이 다시 준동하는 모양이니 처단해야 할 것입니다."

원로 정원용이 맨 먼저 반대의사를 말하며 강경론을 들고 나왔다. 그뿐 만이 아니라 영의정 조두순, 좌의정 김병학, 연돈녕 김좌근이 모두 천주교의 탄압을 주장했다.

"청나라도 그들에게 혼이 났는데, 세계정세로 보아 천주교 선교사들을 용인하면 어떻겠소이까?"

"아니됩니다. 그들은 사악한 오랑캐입니다. 그들이 들어오면 우리나라의 전통적인 유교사상은 무너지고 결국 조선이라는 나라는 서양에게 먹히게 될 것이 뻔하옵니다."

"억누르고 탄압하기는 쉽소이다. 만약 그렇게 했다가 서양제국들이 청나라에서처럼 공격적으로 나오면 조선이라는 작은 나라가 견딜 수 있겠소이까?"

"우리나라의 정통 사상은 주자학이올시다. 그 외의 것은 사교이므로 절대 용납해서는 안 됩니다. 천주교 무리들이 사교의 사상에 빠져 목숨을 건다면 우리 조선의 유학자들도 결의를 통해 목숨을 바쳐 싸워야 하지 않겠습니까?"

대원군은 혹을 떼려고 하다가 오히려 하나 더 붙인

꼴이 되었다. 하지만 측근 대신들이 똘똘 뭉쳐 반대를 하니 어찌 해볼 도리가 없었다.

"대원군께서 용단을 내려 그들에게 철퇴를 가해주시오 유림들의 민심 수습은 대원군 대감밖에 할 사람이 없소이다."

대원군은 고뇌 끝에 조정 중신들과 같이 행동하기로 마음을 정했다. 대원군이 지금까지 관망하던 태도를 바꾸어 천주교도 박해와 척양의 기치를 든 다른 이유가 있다. 불란서 주교들의 정치적 불개입 태도 때문이었다. 천주교도들의 말과는 달리 불란서 주교 베르누는 불란서와 아라사가 서로 다른 국가이고 종교가 다르기 때문에 아라사에게 아무런 영향도 줄 수 없으며 조선이 모든 나라와 주교를 단절하고 있는 이상 이런 위험을 모면할 방도가 없다는 두 가지 이유로 대원군의 영불 연합군 방안에 대해 미온적 태도를 보였다. 이것은 오랑캐를 오랑캐로 막아보려던 대원군의 이이제이식(以夷制夷式) 국방책이 정치적 불개입을 이유로 몸을 사리던 불란서 선교사에 의해 좌절됨을 의미한다. 이와 같은 결과는 대원군에게 있어서 불란서 역시 아라사와 똑같은 서양 오랑캐 그 이상도 이하도 아닌 것으로 인식되기에 충분했다.

대원군은 우선 천주교 거물급에 대한 검거를 지시했다. 베르누 선교사 등의 외국인 선교사도 모두 잡아들였다. 물론 남인의 거두로서 고종의 유모 남편인 홍봉주도 잡혔다. 검거된 사람들은 사실상의 정치범이었으므로 포도청에서 모두 의금부로 넘겨 엄격한 문초를 했다. 대원군은 의금부로 나가서 장경일 선교사를 직접 심문했다.

"그대의 국적은 어디요?"

"불란서 사람입니다."

그는 유창한 조선말로 당당하게 대답을 했다.

"본명은 무엇이고 언제부터 조선에서 선교를 시작했소?"

"제 불란서 이름은 베르누이고, 조선에는 10년 전부터 들어와서 포교를 하고 있소이다."

"지금 어디에서 살면서 포교를 하고 있소?"

"현재 홍봉주의 집에서 기거하면서 포교에 열중하고 있소"

"천주교를 포교한다는 것은 어떤 사상을 전파하는 것이오?"

"천주님의 말씀대로 사랑을 전하고 인간은 모두 천주님 앞에 평등하다는 것과 모든 선남선녀들을 천주님 앞에 인도하는 일을 하고 있소."

"우리나라 사람들은 모두 공자님을 믿고 있는데, 왜 남의 나라에 와서 종교를 방해하고 있소이까?"

"유교를 방해하는 것이 아니라 유교를 믿지 않고 종교를 가지지 않은 사람들에게 천주님의 사랑을 전파하고 있을 뿐이라오."

"자기 나라 조상들의 제사를 못 지내게 한다는 것이 교리라고 하던데 맞습니까? 당신들이 자신들의 나라로 돌아가면 모든 것을 용서할 터이니 돌아가겠소이까?"

"아직 할 일이 많으므로 본국에 돌아갈 생각이 없소. 길 잃은 양떼들을 버리고 오직 나 홀로 편하게 지내겠소?"

대원군은 부인 민씨의 청과 고종의 유모 박소사와 그의 남편 홍봉주를 봐서라도 베르누 선교사를 본국으로 돌려보내는 것으로 마무리 짓고 싶었으나 결코 돌아가지 않겠다고 고집을 펴니 난감한 상황에 빠졌다.

"조선은 나의 제2의 조국이며 교도와 수많은 친구들을 두고서 떠날 수가 없소이다."

"그러면 죽음을 각오하고 머물겠다는 생각이오?"

"죽어도 좋소 순교를 하더라도 포교를 계속하겠소"

불란서 선교사의 죽음을 각오한 포교선언은 대원군을 당황케 했지만, 조정 대신들의 강경한 탄압주장에 그도 달리 다른 방도를 찾을 수가 없었다. 대원군의 커다란 정치적 과오가 결정되는 순간이었다. 대원군은 천주교도 탄압의 책임자로 이경하를 임명하고 그에게 모든 권한을 위임했다. 이경하는 고종 3년 2월 추운 겨울날 불란서 선교사 베르누를 비롯한 3명과 남종삼, 홍봉주 등을 체포하여 전부 사형에 처했다. 한양에서 학살된 천주교도들의 시체는 수구문 밖에 산같이 쌓여서 버려졌다. 체포와 학살은 전국적으로 확산되어 한 달여 만에 삼만 명의 천주교도가 생명을 잃었다. 청나라로 도망간 불란서 선교사 리델을 통해 비극적인 학살소문을 전해들은 불란서 동양함대 사령관 로즈는 분격하여 군함을 몰고 와서 조선에 항의하고 북경주재 불란서 공사를 통해 청국에 항의와 위협을 가했다.

"작은 나라 조선이 이런 잔학한 불법 행위를 저지른 것은 청나라의 보호를 믿고 행동한 것이니 청나라도 응분의 연대 책임을 져야만 하오."

청나라도 당황했으며 불란서 함대가 공격을 감행할까 두려웠다.

"조선은 독립국이므로 조선에서 행한 불란서인 학살사건은 청나라와 직접적인 관련이 없소이다. 출병만은 삼가고 사건을 신중하게 조사한 뒤에 평화적으로 해결하기를 바라오."

불란서 함대는 군함 세 척을 이끌고 고종 3년 9월에 태안반도의 당진만을 침입했다. 불란서 함대는 군함 한 척을 강화도로 보내고 로즈제독이 직접 지휘하는 군함 두 척은 한강을 70여 리나 거슬러 올라와 한양을 위협했다.

……너희 무리들이 아국에 교리를 퍼뜨리려고 하는데 이는 특히 옳지 않다. 나라마다 서로 다르고 각기 자기들이 숭상하는 것이 따로 있는데 정사(正邪), 곡직(曲直)에 대해서 더 논할 것이 있는가. 우리는 우리의 학문을 숭상하고 너희들은 너희들의 학문을 행하는 것은 마치 사람마다 각

기 자기 조상을 조상으로 섬기는 것과 같다. 그런데 어떻게 감히 남더러 자기 조상을 버리고 남의 조상을 조상으로 섬기라고 가르칠 수 있는가. ……그러니 우리가 지인지덕 하더라도 제멋대로 난동을 부리게 내버려둘 수는 없다. 때문에 천만 대병을 이끌고 지금 바닷가에 나와 천을 받들어 토벌하려 한다. 그리하여 먼저 내일 아침에 만나서 따지기 위한 기약을 하자고 사람을 보내니 어느 군사가 옳고 그른가 승패를 결정하자. 너희들은 물러나 피하지 말고 머리 숙여 우리의 명령을 들으라.

(병인년 9월 11일 술시 조선국 순무영)

놀란 조선 조정은 일체의 외교교섭을 거부하고 무력으로 대항했다. 어재연 장군이 거느린 삼천 명의 군대가 한강에 올라온 불란서 군함 2척을 공격했으며 어재연 장군은 전사했으나 불란서 함대도 큰 손실을 입고 후퇴했다. 대원군은 종로에 척화비를 세워 주전론을 이끌면서 삼만 명의 군대를 모집해서 훈련하는 동시에 경기 일대의 방비를 강화하고 평안도 포병부대에 일천 명을 파견했다. 첫 전투에서 패배한 불란서 함대는 중국과 일본에 있던 군함 9척을 동원해 아산

만을 침입했고, 강화도에 포선 두 척과 상륙부대까지 출동시켜 조선을 본격적으로 공격했다. 결국 강화도 가 불란서 군에 의해 함락되어 점령당하고 성중에 있던 무기 전부와 사십만 냥이나 되는 금은과 강화도 서고의 귀중 도서들이 약탈당했다. 전열을 정비한 조선군은 대원군의 지시로 불란서군의 본거지를 급습해 불란서군 30여 명을 죽이고 백병전을 펼쳐 불란서 함대를 물리쳤다. 유명한 병인양요다.

"이번에는 미국 함대가 평양 대동강을 거슬러 올라와 침범했다는 파발이 도달했소이다."

"불란서 함대를 물리친 임전무퇴의 정신으로 미국 함대도 쳐부수어야 합니다. 호락호락해서는 무너지니 모두 죽기를 각오하고 싸워 서양 적들을 무찔러야 하오"

대원군은 자신의 힘을 과신하고 미국 함대도 물리치라고 명령을 내렸다. 미국 셔만호는 1866년 평양 대동강을 거슬러 올라왔으나 평양감사 박규수는 군민을 파견해서 그 기선을 불태워버리고 선원과 승객들 모두를 잡아 죽였다. 이에 격분한 미국은 셔면호 사건의 손해배상을 요구하고 통상조약을 강요하면서 해군

소장 로저스가 군함 6척을 이끌고 5년 후 5월에 영종도에 도달했으며, 군함 2척을 이끌고 한강을 거슬러 한양을 침범하려고 강화도를 침입했다. 강화도 포대를 점령한 미국 해군 600여 명은 조선군대와 육박전을 벌려 상당한 피해를 입고 함대를 이끌고 도주했다. 물론 이때 조선군대의 전사자는 53명이나 되었고 미군의 사상자는 장교 1명을 포함한 전사자 1명과 10명의 부상자를 냈다. 이것이 바로 신미양요다. 이러한 전과에 고무된 대원군은 서양오랑캐를 물리치고 조선의 성문을 닫는다는 양이쇄국(洋夷鎖國)정책을 선언한다. 커다란 과오라 하지 않을 수 없다. 물론 대원군이 이러한 결정을 하게 된 다른 이유가 한 가지 있다. 조선을 뒤집어 놓은 사건이 고종 5년에 일어났다. 국적을 알 수 없는 외국 선박이 풍천 앞바다에 나타났다는 보고를 받은 이래로 이 배는 광량진 오리포 등을 떠다녔다. 이에 대원군은 친히 이 서양 선박에 편지를 보내 돌아가라고 타일렀지만 이들은 여전히 삼화, 남포 등을 떠다니면서 조선에 통상 요구의 위협성 투서를 계속했다. 마침내 이들은 통상 개방 요구의 수단으로 대원군의 부친인 덕산의 남연군묘를 도굴하는 패

류행위를 저지르게 된다. 이른바 오페르트 도굴사건이다. 이 사건은 조정과 조선 전체를 뒤흔들게 되고 마침내 대원군은 서양의 '금수(禽獸)' 같은 행위에 더욱 척사(斥邪)의 기치를 높이게 된다.

"우리는 이웃나라인 조선과 수교를 하고 싶소."

일본의 메이지 신정부는 1869년 사절단을 부산에 보낸다. 그동안 일본은 도쿠가와 봉건군벌 정치를 300년간 해오다가 메이지유신을 단행한 후 외국에 문화를 개방하고 서양의 문물을 수입해서 근대국가로 발돋움할 준비를 차근차근 하고 있었다. 하지만 우물 안 개구리였던 조선은 일본의 이러한 변화에 관심을 기울이지 않는 우를 범했다. 오히려 자존심을 건드린 일본의 외교조치에 감정이 상한 상태였다. 왜냐하면 이때까지 청나라에의 조공관계와 조선에 종속적인 대마도를 통한 대일관계를 유지해 왔는데 일본의 신정부가 대마도를 통하지 않고 낯선 사람을 보내왔기 때문이다. 메이지유신의 신정부는 명치 2년부터 모든 대외관계를 신설한 외무성에서 관장하기로 했다. 동시에 대마도의 소오께(宗家)가 대행해 오던 대 조선외교도 금지시키고 외무성이 주도했다. 이러한 상황을 조선은 전혀 모르고 있었다.

"양놈들이 설치니 일본도 우리를 깔보고 넘보고 있구나."

대원군의 측근들은 일본의 메이지 신정부를 간과하고 있었다. 일본의 외교관시보 사다와 쇼오로꾸(하급 관리), 모리야마 두 사람은 조선의 국정을 살피고 외교문서를 전달하려고 했지만 응대를 해주지 않자 국정만 살피고 돌아갔다.

"조선은 무력으로 개국시켜야 합니다. 대원군과 며느리 민비가 갈등을 보이는 지금이 적절한 시기입니다."

조선에서 무시당하고 돌아온 일본의 두 명의 외교관은 분개하면서 강경한 주장을 했다. 이들의 보고를 토대로 외무성은 다시 좀 더 직급이 높은 요시오카와 히로쓰 등 3명을 파견한다. 그러나 조선은 여전히 상대를 하지 않는다. 일본 외교관은 부산 초량에 있는 왜관에서 무려 1년을 기다린다. 일본은 방법을 바꾼다. 그들은 1872년 군함 2척을 몰고 부산항에 나타났으며 하나부사라는 장관급을 사절대표로 내세웠다.

"조선은 외교교섭에 나서라. 아울러 통상을 확대하라!"

"일본인과의 접촉을 절대 하지 마라!"

대원군은 부산의 조선관헌들에게 일본인과의 접촉 자체를 금했다. 조선정부의 강경한 태도를 하나부사로부터 전해들은 일본정부는 정한론이 대두된다. 정한론의 적극적인 주창자는 육군 대신 직에 있던 사이고 다카모리였다.

"조선 8도에 병력을 파견하여 일거에 정복할 것이다."

일본정부 내의 강경파들은 이러한 결의를 했으나 천왕 측근의 이와쿠라 도모미를 비롯, 기도 다카요시와 이토 히로부미 등이 온건파로 활동하여 즉각적인 파병은 진행되지 못했다. 이들은 서양의 추세로 보아 아직 내부 개혁이 급선무라는 주장을 폈다. 또 이와쿠라를 단장으로 하는 구미사절단이 구미 선진각국을 돌고 있었기 때문이기도 했다. 나중에 이들도 정한론을 펴기 시작한다. 민비는 고종의 명의로 대원군이 꺼려하는 유림의 거물인 최익현을 부승지로 등용한다. 민비의 사주를 받은 최익현은 대원군의 실정을 낱낱이 비판하고 고종이 실질적인 친정을 해야 하는 요지의 매우 긴 상소문을 올린다. 시아버지와 며느리가 대외정책을 빌미로 심각한 갈등상태에 돌입하게 된 것이다. 민비는 민승호를 최익현에게 보내 대원군을 탄핵하라고 충동질한다.

"상감과 중전마마께서 방벽이 될 터이니 대원군을 탄핵해 주시오."

민승호는 최익현을 만나 민비의 뜻을 전하고 격려를 했다.

"대원군의 실정에도 불구하고 조정대신들은 육경 간관들마저도 대원군의 위력이 두려워 꼼짝 못하고 있으니 무능하기 짝이 없소이다. 이들도 모두 물러나게 해야 합니다."

최익현이 대원군 뿐만이 아니라 고관대작 모두를 공격 대상으로 삼자 정치적 파문이 일었다. 하지만 민비가 뒤에서 작용한 것을 눈치 챈 고종은 오히려 최익현의 기개를 칭찬하기까지 했다.

"나라를 위한 충정이 담겨 있고 임금에 대한 경계도 들어있으므로 가상하도다!"

"조정대신들을 능멸하는 최익현의 상소에 대해 상감께서 칭찬을 하시니 우리들은 모두 물러나겠나이다."

고종은 조정중신들의 강력한 반발에 내심 당황했으나 민비는 눈 하나 깜짝하지 않았다. 민비는 고종에게 대신들도 뒤로는 대원군의 탄핵을 지지하고 있으니 걱정하지 말라고 조언을 한다. 실제로 물러날 용기 있는 대신들은 많지 않을 것이라고 장담했다.

그러나 좌의정 강로와 우의정 한계원이 최익현의 상소에 반박하는 상소를 올렸다. 이에 대해 고종은 오히려 최익현을 두둔했다.

"최익현의 상소에는 귀담아 들어야 할 소리가 담겨 있다. 대신들도 반성하고 임금인 나 또한 반성해야 한다."

영돈녕 홍순목도 최익현의 상소를 물리치라는 상소를 올렸다. 이어서 사헌부와 사간원, 승정원의 간관들이 모두 최익현을 규탄하는 상소를 올리고 무능한 책임을 지고 스스로 물러가겠다고 고종에게 압박을 가했다.

"경들이 무능함을 스스로 인지하고 책임을 지겠다면 군이 말리지 않겠도다."

생각보다 고종은 강경하게 대처하면서 조정대신들을 모두 파면시켰다. 대원군은 고종의 뒤에는 민비가 숨어있다고 생각하여 이를 갈았다. 고종은 최익현의 상소에 반대하는 상소를 올리는 자들을 귀양 보내고 유생들에게는 과거를 볼 자격을 박탈했다. 민비는 최익현에게 다시 대원군의 하야를 요구하는 상소문을 올리라고 충동질한다.

"대원군이 물러나면 될 것을 쓸데없이 다른 사람들만이 희생을 당하고 있소이다. 상감과 사친관계에 있는 자는 국정에 직접적으로 관여해서는 곤란합니다. 상감께서는 아무리 종친이라고 해도 사사롭게 다스리면 아니 되옵니다. 그를 물러나게 해야 합니다."

민비의 사주를 받은 최익현은 이제 대원군을 직접 거론하면서 상소문을 올리기 시작한다. 유림은 최익현을 영웅으로 치켜세우고 지지를 선언한다.

"최익현은 역시 대학자요. 충신입니다. 목숨을 내걸고 상소문을 계속 올리니 대단합니다."

"하지만 대원군이 보낸 자객에게 암살당할 위험도 있으니 우선 그를 잠시 유배를 보내야 할 것입니다."

고종은 조정대신들의 감정도 누그러뜨리고 최익현의 생명도 보호해주기 위해 그를 제주도로 귀양을 보낸다. 민승호는 잠시 몸을 피하라는 의미라고 민비의 뜻을 최익현에게 전한다. 대원군은 아직도 자신에게 동정심을 표하는 기개 있는 선비 박규수를 은밀하게 만나 자문을 구한다.

"여론에서 몰리고 있으니 내가 자진해서 물러나는 것이 옳은 일입니까? 아니면 버티는 자세가 타당합니까?"

"대감의 억울한 심정은 이해가 되오나 십 년 섭정에 백성들이 지친 듯 보입니다. 대감은 국가의 백년대계를 위해 수많은 개혁을 했습니다. 공적이 많지요. 하지만 십 년이면 강산도 변한다고 민심도 변하게 마련입니다. 정국을 안정시킨다는 대의를 천명하고 훌쩍 여행을 떠나서서 풍류로 몸의 피로를 씻으시는 것이 바람직할 것입니다. 다시 난치기를 하세요. 그것이 화를 푸는 데 큰 도움이 될 것입니다."

"세월이란 것이…… 그동안 십 년이 훌쩍 흘러갔구만. 그렇게도 나의 개혁정치를 지지하던 백성들은 모두 어디로 갔단 말인가? 난이 제대로 그려지겠소이까? 그래 거문고를 뜯어도 소리가 제대로 나겠소이까?"

"지지하던 백성들이 어디로 간 것이 아니오라, 그들도 대감의 장기적인 섭정에 대해 피로를 느낀 것입니다. 정치는 그래서 무상한 것이옵나이다. 다시 붓을 잡으시옵소서."

"알았소. 스스로 결단을 해야 할 시기로 판단되오. 스스로 정치판에 걸어서 들어왔으니 걸어서 스스로 판에서 떠나야 하겠지."

대원군은 겉으로는 자진해서 섭정에서 물러나기로 결정했으나 내심으로는 민비에 대한 앙심과 분노를 풀지 못했다. 기회를 엿보아 복수를 하리라고 이를 갈았다. 드디어 고종 11년 8월 대원군은 천하장안 등 수행원 수 명만을 데리고 경기도 양주로 떠난다. 다시 충청도 예산으로 처소를 옮겼다가 마지막으로 아산 온양에서 몸과 마음을 휴양하게 된다. 천하의 대원군이 실각하게 된 것이다. 대원군의 자리에는 민비의 척족들이 들어섰다. 대원군이 그토록 싫어하고 막으려고 했던 외척정치가 다시 시작된 것이다. 민승호가 민비의 제일 대행자가 되고 민규호가 2인자가 되었다.

"다시 도루목이 되었구만. 말짱 도루목이……."

"권불 십 년이란 말이 맞소이다."

백성들은 이구동성으로 대원군의 하야를 반겼으나 일면 동정하는 이들도 많았다.

"대원군이 실시한 정책을 감정적으로 모두 엎어버리고 반대되는 정책만 한다는구먼. 민비가 그래서 얼마나 가겠어?"

　대원군의 측근들이 떠난 자리에는 민씨 집안과 가까운 이들이 득세했다. 영의정에는 이유원, 좌의정에는 대원군을 배반한 형 이최응, 우의정에는 박규수가 임명되었다. 조두순은 원훈으로 예우를 하고 조대비의 조카 조영하는 금위대장이 된다. 대원군의 최대 정적인 안동 김씨 집안의 김병국이 예조판서에 올랐다가 다시 우의정으로 승격된다. 최익현은 유배에서 풀려 충신대우를 받고, 대원군이 폐쇄했던 화양동 서원을 비롯한 서원은 모두 부활되어 삼남지방의 유림세력을 품어 안았다. 문제는 외교정책이었다. 쇄국정책을 철폐한 것은 바람직하나, 고심도 하지 않고 일본에 대한 개방외교정책을 편 것은 기울어가는 국운을 더욱 끌어내리게 한다. 결국 민비는 일본 낭인의 '여우사냥'에 희생된다. 민비는 청나라에 붙었다가 일본에 붙었다가를 반복하여 나라의 미래를 생각하지 않고 불신을 자초하여 몰락해버린 것이다. 시대모순을 제대로 판단할 수 있는 철학과 세계관이 없는 그림자 정치는 결국 한계를 드러내고 만 것이다. 민비의 일차 위기와 대원군의 정치적 반전의 계기가 된 것은 바로

'임오군란'이다. 고종과 민비 측근들은 신식군대를 양성하는 별기군에게는 높은 급료와 좋은 대우를 보장하는데 비해, 구식 군대인 무위영과 장어영의 두 개 영(營)의 군졸들은 1년 1개월 치, 즉 열세 달의 봉급미를 받지 못해 불만이 늘어갔다.

"아니 서양과 일본의 군함의 침입이 가속화되고 국방이 중요한 이 시기에 군졸들을 우대해도 모자란 판에 이렇게 홀대를 할 수가 있는 거야?"

무위영과 장어영의 군졸들은 화가 치밀어 분노를 참을 수 없는 지경이 되었다.

"나라를 방비하는 국방비가 모자란다고 다섯 개 영문을 두 개로 줄이더니 그나마 봉급미도 제때에 안 주니 어떻게 가솔을 먹여 살리라는 것이야?"

"아니 일본장교가 훈련하는 별기군만 우대를 하고 우리는 밥도 못 먹게 하니 조정의 창고라도 털어서 끼니를 때워야 하는 것이 아니겠소?"

"조정의 부패한 민씨 집안의 고관대작들은 기름진 고기로 배를 채우고 군졸들은 밥도 제대로 못 먹게 하니 누가 나라에 충성을 바치겠나?"

"모두들 들고 일어서서 개화당 놈들을 뒤집어 엎어

야 해!"

"모두들 선혜청 창고를 털자! 모두들 달려가자!"

군졸들의 분노가 폭발한 계기는 뒤늦게 배급한 한 달분의 쌀에 묵은 쌀과 함께 모래가 반이나 섞여 있었기 때문이었다. 고종 19년 임오년(1882) 6월 아침부터 선혜청 도봉소(都捧所) 앞에는 끼니를 굶은 거지행색의 까칠한 군졸들이 부대원들을 몰고 몰려들었다.

"아니 죽이라도 끓여 먹어야 하는데, 한 달치 봉급미만 주는 것이 말이나 되는 거여?"

"일 년 이상 봉급이 밀렸는데, 한 달치가 무슨 소리인가?"

"고관대작들은 주지육림으로 배가 터져라 먹고 그것도 모자라 기생들을 끼고 연회를 매일 밤 하면서 쾌락을 즐기는데, 목숨을 바쳐 나라를 지키는 군졸들은 배를 곯고 훈련을 하고 적들과 싸워야 한다니 얼마나 모순인가?"

"죽이라도 제대로 먹게 쌀을 주어야 처자라도 배를 곯지 않게 하지 않겠어? 정말로 나쁜 놈들이야."

불평불만을 하는 구식 군대의 군졸들에게 이윽고 선혜청 당상인 민겸호의 부하 창고지기가 창고문을 열고 배급 쌀을 나눠주기 시작한다.

"아니, 이것이 무엇이야? 썩은 쌀이 아닌가?"

"침수로 썩은 쌀을 나눠주다니? 제대로 된 놈들이야?"

줄을 새까맣게 서서 쌀을 배급받던 다른 무리의 군졸들도 소리를 친다.

"아니 왕모래가 섞여 있어. 왕모래가? 우리를 개돼지로 취급하는 거야. 개돼지도 못 먹는 모래 섞인 쌀을 배급하다니? 미친 놈들이구만."

군졸들은 항의를 하다가 봉급미를 나눠주던 하인들에게 달려가 몰매를 가하기 시작했다.

"모두들 이리 와서 창고안을 들여다 보시오. 창고안에는 모래가 섞인 쌀밖에 없소이다."

군졸들과 쌀을 되던 창고지기들 사이에 우격다짐이 일어났다. 군졸들의 불만은 하늘을 찌를 듯 분기탱천했다.

"너희 놈들이 상전과 짜고 농간을 부리고 제대로 된 쌀을 뒤로 빼돌린 것이지? 안 그렇다면 이러한 모래가 섞이고 물에 침수된 썩은 쌀을 줄 수가 있는 거야?"

"니들이 제대로 된 군대야? 하는 일도 없이 곡식이

나 축내는 너들을 해체하지 않는 것이 이상한 일이야!"

오히려 세도가 민겸호의 하인들은 화가 난 군졸들을 위로하기는커녕 기름으로 불을 지르는 형국이었다.

"너들 상전들도 이런 썩은 쌀을 먹고 있느냐? 너들은 상전들의 세도만 믿고 우리에게 줄 쌀을 횡령해서 너들 배만 불리고 있지 않느냐?"

격분한 군졸들은 창고지기들의 멱살을 잡고 뺨을 때리고 땅에 내동댕이쳐버렸다.

"창고를 부셔버려라! 불을 확 싸질러라!"

흥분한 군졸들은 폭동을 일으켰다. 창고에는 불이 나서 활활 타오르고 있었다. 불을 보자 군졸은 흥분상태에 빠져들었다. 모두들 몽둥이를 들고 나와서 민겸호의 하인들을 두들겨 패고 그들의 가옥까지 파괴하기 시작했다. 놀란 창고지기들은 구식 군대의 폭동을 선혜청 당상인 민겸호에게 보고했다. 민겸호는 포졸들을 파견해 폭동의 주모자들을 잡아들이고 폭행 주모자인 김춘영과 유복만 등 다섯 명의 군졸들을 포도청에 가두고 그 중 3명에게 폭동죄로 사형을 지시했다. 이런 풍문이 한양 곳곳에 돌고 무위군영과 장어군영의 장병의 귀에까지 들어가자 문제는 심각해졌다.

군영의 지휘관들은 썩은 쌀 배급 파동에 대해 논의를 하고 두 명의 동료들을 구출해내야 한다는 결의를 했다.

"죄가 없는 동료들을 석방하라!"

"그들을 구출해 내지 못하면 결국 우리 군영의 병졸들은 모두 쫓겨나게 될 것이고 핍박을 받게 될 것이다."

김춘영의 아버지와 유복만의 동생이 군영으로 와서 아들과 형을 구해달라고 눈물로 호소했다. 군졸의 대표들은 무위대장 이경하를 찾아가 동료들의 석방을 진정했다. 이경하도 당대의 세도가 민겸호의 위세에 눌려 해결방책을 찾지 못하고 있었다. 다만 체포된 군졸들을 관대히 처벌해 달라는 소개장만 군졸대표에게 써주면서 직접 민겸호에게 청원하라고 작은 목소리로 말했다. 군졸대표들과 군졸들 무리는 민겸호의 대저택으로 찾아갔으나 궁에 들어가고 없었다. 오히려 전날 선혜청 창고 앞에서 얻어맞은 창고지기들이 달려나와서 욕설을 퍼붓고 대문을 아예 닫아버리려고 했다.

"너희들이 문을 잠그고 우리 문제를 해결해 주지 않으면, 대문을 부수고 들어가 민 대감과 담판을 짓겠다."

군중심리는 무서운 법이다. 격분한 군졸들은 민 대감 집의 하인들의 멱살을 잡아 땅에 내동댕이치고 몰려가 대문을 부수고 집안에 있는 호화로운 가구와 도자기 등을 모조리 부수어버렸다. 장롱 안에 들어있는 귀중품 패물들과 금은보화들을 모두 마당에 들고 나와 불태워버렸다. 활활 타오르는 민겸호의 대저택을 바라보면서 군졸들은 희열을 느꼈다. 민겸호의 집을 빠져나온 군졸대표들은 그때야 정신이 들었다. 폭동죄가 아니라 반역죄로 몰려 처형을 받을 수도 있다는 생각이 들었다.

"아예 군영으로 돌아가 무장을 하고 대궐로 쳐들어가 세도가 민씨 일족들을 모두 죽여 버리자! 지금이 기회인 것이야. 판을 엎어 우리의 생존의 기반을 마련해야 해!"

"모두들, 무장을 하고 우리를 따라 나서라!"

막상 군졸대표들은 길거리로 뛰쳐나왔지만, 지도자가 없어 오합지졸이 될 운명에 처했다. 군졸대표 중에서 누군가가 대원이 대감을 찾아가야 한다고 속삭였다.

"옳소 대원이 대감만이 우리의 살길이요. 지도자일

세. 그분을 찾아가서 우리의 고난과 억울함을 호소해 봅시다."

"그래 그분밖에 믿을 사람이 없어요! 그분을 우리의 지도자로 삼아야 합니다."

군졸들은 모두 운현궁으로 몰려갔다. 대원군은 운현궁 문밖으로까지 나와서 군졸을 따뜻하게 맞아주었다. 하지만 위엄 있는 목소리로 짧은 연설을 했다.

"지금 시국이 어려운 때입니다. 여러분들의 고통은 누구보다 잘 알고 있소이다. 하지만 인명을 살상하고 가옥을 파괴하는 것은 바람직하지 않다. 특히 서양의 외세들이 개항 압력을 놓고 있는 이때에 나라의 중심축인 군대가 폭동을 일으키는 것은 나라를 위험에 처하게 하는 처사요! 따라서 일단 군대로 돌아가서 탄원을 하고 조정의 조치들을 지켜봅시다!"

"이대로 우리가 돌아가면 민씨 일파들에게 역적으로 몰려 죽임을 당할 것입니다. 억울하게 잡혀서 죽임을 당하느니 투쟁을 해서 살길을 찾는 편이 나을 것입니다. 우리들은 지금 죽느냐, 사느냐의 기로에 서 있소이다. 우리에게 살길을 열어주시고, 저희들의 지도자가 되어 주세요!"

역시 대원군은 정치 10단이었다. 그는 군졸들 앞에서 미소만 짓고 확실한 답변을 하지는 않았다. 다만 임금에게 글을 올려서 제대로 된 봉급미를 배급하도록 노력하겠다는 언질을 주었다.

"여러분들의 신변안전을 보장하도록 노력할 터이니 바로 군영으로 돌아가세요! 잘못하면 반역에 몰리게 됩니다."

흥분했던 군졸대표들과 병졸들이 삼삼오오 불안을 느끼는 가운데 흩어졌다. 대원군은 심복인 허욱에게 은밀하게 지시를 내리고 집안으로 들어갔다. 허욱은 김춘영의 부친 장손과 유복만의 형인 유춘만을 이끌고 운현궁 안으로 들어가 차와 다과를 대접했다. 군영 안의 분위기와 동태를 듣고는 대원군의 밀령을 들려주었다. 허욱은 자신이 혁명군의 조직적인 지휘를 맡을 터이니 군영으로 모두 돌아간 군졸들에게 완전 무장을 하고 다시 몰려나와 민씨 일파를 제거하라고 속삭였다. 그들이 돌아가자 대원군은 심복들과 '천하장안을 불러 사방으로 나가서 백성들의 동태를 파악하고 민심을 점검한 후에 민씨 일파의 만행을 퍼뜨리라고 말한다. 다음날 흥분한 군대는 환호성을 지르며 길거리로 쏟아져 나왔다.

"대원이 대감 만세!"

"세도가 민씨 일파를 처단하자! 개화파를 쳐부수어 우리의 살길을 찾자!"

"우리는 지금 역적이 되느냐, 나라를 구하고 우리의 생명을 지키느냐의 기로에 서 있다. 알겠느냐? 분열된 행동을 하면 절대로 안 된다. 모두 대동단결하여 완전 무장을 하고 시위행진을 하여 질서정연함을 백성들에게 과시하고 민비와 그 일족들을 몰아내야 한다. 목표는 분명하다."

"모두들 길을 나서라! 살길을 찾아 단결해야 한다."

수천 명의 군영의 병졸들이 일사분란하게 행진을 하며 우선 포도청으로 몰려가 자신들의 투옥된 동료들을 구해내고 포도대장을 비롯한 포교들을 학살하기 위해 체포에 나섰다. 소식을 들은 포도대장과 포졸들은 이미 삼십육계 줄행랑을 치고 말았다. 옥에서 풀려나온 김춘영과 유복만, 정의길 등은 구식군대의 영웅이 되어 지도자로 나섰다. 길거리의 백성들도 동조를 하며 떡을 내놓고 뜨거운 물을 끓여서 내왔다. 사기가 충천한 반란군은 허욱과 김장손을 각 군대의 대장으로 삼고 경기감영, 민태호의 집, 별기군 훈련소를 목표지점으로 삼아 일사분란하게 행진해서 나아갔다. 경기감영의 관찰사 김보현은 도주를 하고 텅 비어 있었다. 반란군은 무기고를 열고 칼과 창을 약탈해서 민간대원과 군졸들에게 나눠주었다. 반란군은 일본공사관으로 몰려가 총을 쏘는 일본군과 맞섰다. 일본 공사하나부사는 놀라서 인천으로 도망쳐서 영국 기선 비어호에 올라 본국으로 도망쳤다. 별군 훈련소로 몰려간 반란군의 다른 부대는 일본인 교육 장교들을 학살하고 별기군을 군대에 통합해버렸다. 밤이 깊도록 세도가인 고관대작 집들과 민비가 불공을 드리러 다니는 한양 주변의 사찰까지 찾아가 방화를 하고 목표물을 찾아 배고픈 승냥이마냥 헤매고 다녔다. 누군가의 제안으로 영의정인 대원군의 형 이최응의 집을 습격해서 잠결에 놀라 담을 넘다가 중상을 당해 쓰러져 있던 이최응을 밟아 무참하게 죽여버렸다. 이미 새벽이 밝아오고 있었다.

"다음 차례는 민가년이야. 우리를 괴롭히고 탐관오리인 민씨 일족만을 배불리게 하고 우리 군대와 나라를 일본에 팔아먹으려고 하는 민비를 잡아 처단해야

만 나라가 조용해 질 수 있다!"

"궁으로 들어가 나라를 부패하게 하고 창고를 비게 만든 요부 민가년을 죽여 없애야 한다!"

이최응의 피를 본 반란군은 혁명군이 되어 아침 동이 트자 대궐로 쳐들어갔다. 돈화문을 지키던 수문장도 무장을 한 군대 수백 명이 몰려오자 쏜살같이 도망을 쳐버린다. 백성들 일부까지 가세한 민관 합동군 수천 명이 창덕궁 대궐로 몰려갔다. 군인 폭동은 개항 뒤 일본으로 쌀이 수출되면서 쌀값이 폭등하여 생활이 어려워진 왕십리, 이태원 일대의 빈민층으로 확대되었다.

"상감마마, 어떻게 하지요? 반란군 수천 명이 대궐로 몰려든다는데, 목숨이 위태로울 것 같소"

"빨리 대원군을 불러 화해를 모색해야 할 듯싶소."

고종은 중사를 보내 대원군을 급히 궁으로 모셔오라고 명령을 내린다.

"민비를 죽여야 한다. 그년이 나라를 망친 원흉이다."

민비는 군중들의 웅성거리는 소리를 듣고 겁이 났다. 대원군을 기다릴 것이 아니라 궁녀 옷으로 갈아입고 궁을 탈출해야 하겠다고 생각했다. 그녀가 궁녀의 도움으로 대조전 앞까지 오자 무예별감 홍재희가 보였다. 그는 민비를 누이 동생인 척 속이고 가마꾼을 매수하여 궁 밖으로 탈출시킨다. 창덕궁으로 몰려 들어간 반란군은 고종을 호위하고 있다가 버선발로 궁전 바닥에 내려가 대원군 앞에 굽실거리던 민겸호와 경기감사 김보현을 발견하고 두 사람을 질질 끌고 마당으로 내려와 무릎을 꿇린다.

"이 놈들, 조정대신들에게 무슨 행패냐?"

오히려 호통을 치는 김보현을 보고 격분한 군중들은 그들을 잡아 중문 밖으로 끌고 나와 무참하게 밟아 죽인 뒤 시체를 개천 아래로 던져버린다. 궁 밖으로 몰래 빠져나온 민비는 홍재희의 등에 업혀 충주 장호원의 충주목사 민응식의 집으로 피신한다. 고종은 대원군을 불러 모든 공무를 맡긴다.

"오늘부터 모든 공무는 대원군 앞에서 품결하라."

대원군은 궁중에서 민비를 찾아 수색했으나 찾지 못하자 민비가 살해될 때 입었다는 옷을 관에 넣고 국장을 발표한다. 이리하여 왕명으로 정권을 잡은 대원군은 반란을 진정시키고 군제를 개편하는 등 군란의 뒷수습에 나섰다. 하지만 민씨 일파의 청원을 받아들인 청나라 이홍장의 군대에 의해 그의 재집권은 단명에 그친다. 김윤식의 파병 요청을 받은 청은 1882년 8월에 약 삼천 명의 군대를 조선에 파견하였다. 청군은 이태원, 왕십리 등지를 습격하여 군인들을 마구 죽이고 대원군을 납치해감으로써 봉기는 진압되었다. 청나라는 임오군란을 빌미로 종래의 사대관계를 내세워 조선을 속국화한 '조청상민수륙무역장정'을 강제로 맺는 한편, 마건충과 묄렌도르프 등 30여 명의 외국인을 정치·외교 고문으로 보내어 내정간섭을 강화했다. 일본도 이 사건을 구실로 군대를 파견하여 조선과 '제물포조약' 및 '수호조규속약'을 맺는다. 아울러 청나라와 일본은 양군의 철병과 '한 나라가 조선에 파병할 때 다른 나라에 사전 통지한다'는 톈진조약을 체결한다. 민씨 일파의 폭정이 촉발시킨 임오군란이라는 반동 사건으로 말미암아 조선은 외세에 노출되어 풍전등화의 상태에 빠져든 것이다.

"채선아, 내가 양주로 떠나게 되었으니 너도 이제 운현궁을 떠나 네 갈 길로 가거라."

"채선이는 대원이 대감의 애첩이옵니다. 그러니 대

감과 일심동체인 것이죠. 그래서 대감을 떠나서는 한 발자국도 나서지 못한다는 말씀입니다."

"그래서 나를 따라 주유천하를 하겠다는 말이냐?"

"대감님이 나비라면 쇤네는 꽃이옵니다. 나비가 꽃을 찾아가는 법입니다. 대감님이 날아다니는 곳에 어디든지 놓여 있어야 하는 존재이옵니다."

"말이 되는구나. 고맙다마는 권력도 없고 돈도 없는 나를 쫓아다녀봤자 실속이 없다. 그래서 네 갈 길을 가라는 말이다."

"죽어도 대감 옆에서 죽어야 하겠지요. 그러니 쇤네가 뒤따라가더라도 홀대를 하지 말고 곁에 두고 보기 바랍니다."

"부귀영화를 모두 버리고 몸만 가는 신세이니, 난은 칠 수 있겠다마는 거문고를 뜨거나 풍류를 즐길 여유는 없을 듯하구나. 그래서 채선이를 떠나보내려고 하는 게야."

"대감과 저는 어떤 별다른 인연으로 만난 것이옵니다. 보통 인연이라면 이루어질 수 없는 관계이지요."

"네 말을 들으면 마음이 약해진다. 하지만 '회자정리'란 말이 있지 않느냐? 만나면 반드시 헤어지는 법이 있는 것이 자연의 이치니라."

진채선은 평생을 약속하고 애첩이 된 자신의 약조를 생각해서 일단 대원군을 따라가기로 마음을 정했다. 또 그녀는 딱히 갈 곳도 없다. 6년 동안이나 운현궁에서 대령기생의 역할을 했던 그녀에게 따로 머물 처소는 어디에도 없었다. 양주에서의 삶은 고단했다. 제대로 갖춘 것이 없는 시골생활이었다. 육체적인 가난함은 이겨 낼 수 있었지만, 정신적인 배고픔은 참아 내기 어려웠다. 더구나 운현궁의 사랑방에서 마음대로 노래하고 춤을 추던 풍류객 대원군은 사라지고 없었다. 하루 종일 수행원 몇 사람들과 술을 마시고 울분을 토하는 시정잡배 같은 삶을 한동안 계속했다. 술이 깨면 수행원들과 무엇인가 음모를 꾸미는 것 같았다. 그녀는 설 자리가 없었다. 자신은 예기가 아니라 방기(房妓)가 되어 가고 있었다. 밤이 되면 대원군은 진채선의 작은 보조개에 낮 동안의 욕정을 쏟아 부었다. 마치 길쌈 매는 물레의 가락이 돌아가듯이 무한반복이 되었다. 진채선은 지쳐갔다.

"천하의 진채선이 겨우 해어화에 지나지 않는단 말인가?"

채선은 점차 회의에 젖게 되었다. 판소리를 한동안 부르지 않으니 목소리도 갈라지고 쇠퇴해지게 되었다. 처음 따라나설 때 스물일곱의 꽃다운 나이였는데, 늙어가는 느낌이었다. 항상 우울한 표정을 짓는 그녀를 보자 대원군도 애처로운 생각이 드는 듯했다.

"내 모습에 대해 실망감이 크지? 천하 대장부였던 사람이 옹졸한 시골 할배가 되어가고 있으니 말이야?"

"대감에 대한 실망감보다 제 자신에 대한 회의가 들어요. 꾀꼬리가 하루도 노래를 부르지 않으면 죽을 수밖에 없듯이 광대인 제가 청중들 옆을 떠나니 물을 떠난 물고기가 된 기분이 들어서 그래요."

"여러모로 미안하구나. 의기양양하던 채선이가 주눅이 들어 시골 골방에 갇혀 있다니 서러울 수밖에."

"대감의 처지를 생각해보면, 채선이가 무슨 할 말이 있겠습니까?"

"그러니 네 갈 길을 가라고 하지 않았느냐? 전라도 장터에 가면 아직 너를 기다리고 있는 수많은 청중들이 있을 것이야. 물고기는 물을 찾아가야 하는 법이거든."

"오늘은 대감과 술이나 진탕 마시고 싶습니다. 대

취하면 노래가 나올 것이고 목이 터져라 부르다보면 지칠 터이고 그러면 대감의 품에 안겨 깊이 잠들 수 있을 것 아닙니까?"

"그래 그러자꾸나. 주거니 받거니 하면서 밤새 마셔보자꾸나. 술잔을 건네며 수작(酬酌)을 부리다보면 잠에 취할 수 있지 않을까?"

"밖에 누가 있느냐? 여기 술상 좀 봐 오너라."

대원군과 진채선은 정말로 오랜만에 술잔을 서로 주고받는다. 몇 잔이 몸에 들어가자 훈훈해지면서 마음이 개운해졌다. 운현궁에서처럼 대원군은 손으로 장단을 맞추고 채선은 일어서서 춤을 춘다. 하늘에서 내려온 선녀가 옷을 찾아 승천했다가 시골마을에 다시 하강한 것이다. 그러나 진채선의 몸은 예전처럼 유연하지 못하다. 부드러운 몸매는 경직되고 춤사위는 제대로 휘돌아나가지 못한다. 술의 힘을 빌어도 노래를 통한 소통이 여의치 않을 듯 했다. 채선은 좌절한다. 눈에 눈물이 글썽거린다.

"왜 또 슬픔에 젖느냐? 벌써 술에 취한 것이냐?"

"아니옵니다. 제 자신의 처지를 생각하니 갑자기 눈물이 고입니다."

"내 꼭지가 떨어졌다고 채선이도 동시에 나락에 떨어진 기분인 것이냐?"

"꿈과 현실은 항상 다른 법이니까요. 대감께서는 소인을 잠시라도 사랑하신 적이 있나요?"

채선은 권력에 있을 때와 달리 변해가는 대원군의 모습을 지켜보면서 인생에 대한 회의를 품기 시작한다. 그래서 당돌하게도 술김이라는 핑계로 직설적으로 물어보는 것이다. 술이 취한 대원군도 당황한다.

"우리 두 사람은 사랑했기 때문에 한방에서 몸을 섞은 것이 아니더냐? 사랑의 감정이 없으면서 몸을 움직일 수 있는 것이냐?"

"대감은 남성입니다. 수컷은 사랑 없이도 정복욕이 발동되는 경우가 많습니다. 그렇지 않나요?"

"우리 사이가 부부관계가 아니라서 질투심에서 그런 마음이 생기는 것이냐? 사실 마누라보다도 난 너, 채선이를 마음에 두고 있었다. 그래서 운현궁에서나 별장에서도 만인의 눈총을 받으면서도 너를 끼고 돌지 않았느냐?"

"대감께서는 소유욕과 탐욕 때문에 저를 탐하신 것이지요. 진정성을 가지고 내면의 저를 좋아하신 것은 아니잖아요? 마치 관기를 소유하듯이 부린 것은 아닌 가요?"

사람에게는 소유 지향의 사람과 존재 지향의 사람 이 있다. 전자는 자기가 소유한 것에 의존하는 반면 에, 후자는 존재한다는 사실, 살아있다는 사실 그 자 체에 의존한다. 그래서 무언가 새로운 것을 만들겠다 는 의지가 강하게 움직인다. 이 순간 진채선은 대원군 과의 몇 년간의 동거가 소유적 관계가 아니었을까하 고 반문해보는 것이다. 권력의 정점에 있을 때 대원군 은 참으로 멋진 사람이었다. 만인이 섬기고 존경하는 인물이었다. 그때의 매력은 무엇이었을까? 그에게서 권위가 느껴졌다. 권위라는 용어는 대단히 폭넓은 개 념을 가지고 있다. 조선 사회처럼 관료적이고 계급적 으로 조직된 사회에서는 그 구성원의 대부분이 권위 를 행사한다. 다만 사회적 계급이 낮은 하찮은 사람들 은 그저 권위의 대상일 뿐이다. 권위에는 합리적 권위 와 비합리적 권위가 있다. 말 그대로 '합리적 권위'는 능력을 바탕으로 민중들 대다수가 공감하는 여론을 중심으로 형성되는 권위를 말한다. 이에 비해 '비합리 적 권위'는 힘과 완력을 바탕으로 형성되므로 그것에

복종하는 사람을 착취하게 되는 권위를 말한다. 진채선이 생각할 때 초기의 개혁적인 정치를 펼 때 대원군에게는 상당한 지지계층이 있었고, 그들의 여론에 바탕해서 정치를 했으므로 '합리적인 권위'에 상당히 접근하는 측면이 있었다. 하지만, 대원군도 점차 권력의 쾌락을 느끼기 시작하면서 무리한 정책 추진이 많았고, 반대세력이 늘어나자 권력의 힘에 의존하는 한계를 보여주었다. 대원군이 십 년 만에 몰락하게 된 요인은 이러한 권위의 비합리성에 있다고 할 수 있다. 초기의 대원군에게는 존재의 권위가 있었고, 나라의 장래에 대한 희망을 주는 동시에 자기완성을 성취하기 위한 몰입도 있어서 여성인 진채선도 스스로 자신의 몸을 맡기고 내던지는 모험을 했다. 물론 이러한 해석도 진채선 자신의 변명에 지나지 않을 수 있다. 대원군이 자신 옆에 있어 달라고 할 때 거부할 수 없는 중세적 한계가 작용한 것은 분명한 사실이고, 자신이 그러한 것과 타협한 것은 출세를 위한 방편인 것만도 분명하다. 그렇다면 두 사람이 했다는 사랑은 어떤 종류의 사랑이었던가? 한마디로 '소유적 사랑'이었다. 그것은 다른 말로 '정략적 사랑'으로 표현할 수 있다.

"대원이 대감, 우리의 사랑은 한쪽이 한쪽을 강제하는 '소유적 사랑'이었던 것으로 느껴져요. 물론 처음 서로에게 매력을 느꼈었을 때에는 낭만적 사랑도 약간 포함되어 있었겠지요?"

"채선의 말대로라면 내가 채선을 강제로 내 옆에 묶어 두었다는 말인가? 채선에게 자유를 주지 않고 내 욕구만 충족시켰다는 말로 들리는데."

"서로가 서로를 속인 측면이 분명하게 있었어요."

대원군은 술에 취한 상태에서도 꼬장꼬장한 채선의 말을 하나도 놓치지 않고 듣고 있었다. 그녀의 매력은 예인다운 기품이다. 여인의 향기가 뿜어내는 아름다움은 상대방을 묘한 기분에 젖어들게 한다. 하지만 권력이 추락한 지금 대원군은 자신감을 잃어버렸다. 그래서 진채선에게서 여인의 향기를 맡을 감촉이 무뎌져 버렸다. 무기력 상태에 빠진 대원군은 진채선의 회의 자체를 받아들이는 데 무감각해진 것이다. 진채선이 말한 진의가 피부에 와 닿지 않았다. 취기만 더 느껴진다. 두 사람의 대화는 헛돌고 있다.

"전 판소리라는 예술을 통해 자유를 즐기고 싶었어

요. 그런데 대감이라는 큰 장벽에 갇혀버린 것이에요. 조롱 속의 새가 되어 버린 것이지요. 대감께서는 바쁘다는 핑계로 그동안 저를 방치해 버렸지요? 요즈음 시간이 많이 생겨 저, 채선이에게 몰입해주길 바랐어요. 하지만 달라진 것은 없어요. 여전히 전 외롭고 고독해요. 대감에게 전 어떤 존재이지요?"

"채선이는 대원군에게 사랑의 대상이야. 그것만은 분명해! 채선은 대원군에게 수많은 여인 중의 하나가 아니라 유일한 존재였어. 지금 말하는 것은 술에 취해 횡설수설하는 것이 아니야. 마음에 들어있는 사람이 소중한 것이 아닌가? 솔직히 말하면 채선은 나에게 붓으로 그리는 아름다움의 대상인 '난초', 그 자체라고 말할 수 있어. 묵란화에서의 '난초' 말이야!"

"과연 그럴까요? 자신에게 솔직해 보세요. 사랑은 눈에 보이지 않는 관념이에요. 마치 이(理)와 기(氣)처럼 우주에 널려 있는 추상적인 관념인 것이지요. 인간이 사랑을 가질 수 있을까요? 소유하면서 마음대로 즐길 수 있을까요? 아니에요. 우리가 느낄 수 있는 것은 사랑의 행위입니다. 좋아하고 사랑하는 일은 생산적인 활동입니다. 그것은 자연에 대해 생명을 부여하는 행위입니다. 서로가 상대방에게 생명을 불어넣어 주고 새로운 존재로 변신시켜 가는 행위입니다. 그런 면에서 대감은 저를 사랑한 것이 아닙니다. 단지 소유하려고 아등바등 댄 것일 뿐이지요."

"대원군이 진채선이라는 자연의 사물을 가두고 지배하려고 했다는 소리로 들리는군. 생명을 주고 새롭게 태어나게 한 것이 아니라 목을 조르고 질식시켜 죽이려고 했다는 말로밖에 안 들리는군. 맞는 말인가?"

대원군은 오경이 다 될 때까지 술을 마셨지만, 취하기는 취했어도 정신은 말짱했다. 두 사람에게 교감이 사라져버린 것은 아름다움을 잃고 있다는 상징이다. 이제 두 사람은 각자에게서 변화의 원인을 찾으려하고 있고 상대방에게 기만당하게 된 것이라고 생각한다. 특히 그 농도는 진채선에게서 더 강하게 나타나고 있었다. 취기가 몹시 오르자 두 사람은 겉옷만 벗은 채 이부자리에 누웠다. 초는 거의 다 타서 촛불이 흐릿하여 꺼지기 일보직전이다. 멀리서 개짖는 소리가 난다. 하품을 하면서 대원군은 깊은 잠에 빠졌다. 진채선도 그 얼굴을 바라보다가 잠이 들었다. 두 사람은 따로 떠난 꿈속의 여행인 것처럼 밤새 자유롭게 날아다녔지만, 머물 둥지가 없는 것이 허전함의 근원이었다. 사위는 어둠으로 뒤덮였다.

"대감, 제 편지를 찬찬히 읽어주세요. 아울러 말없이 떠나는 것에 대해 이해해 주시기 바래요. 퇴색된 종이처럼 우리 둘의 삶은 여백으로 남아 있겠지요. 자유를 찾아 길을 떠납니다. 혹 지치면 서신을 띄울지 모르겠어요. 평강하시길 빕니다."

아침이 되자 진채선은 서신을 한 장 대원군의 서가 책상에 남기고 보자기에 장신구 몇 점을 봇짐에 싸들고 사라져버렸다. 이후 진채선을 보았다는 사람이 없었다. 다만 풍문만 바람에 실려 전해지고 있었다. 어떤 이는 전라도 장터에서 그녀가 판소리를 부르는 것을 들었다는 말을 전했다. 또 다른 이는 사냥을 갔다가 지리산에서 진채선과 우연히 마주쳤다는 소식을 전했다. 봄에 개울가에 앉아서 노래를 흥얼거리는 모습을 보았다는 이도 있었다. 김제로 가서 근신하면서 살았다는 이야기도 있다. 고창으로 돌아와서 스승 신재효가 타계하자 이름 모를 암자에 기거했다는 말도 들려온다. 15년 후 1898년 대원군이 타계하자 상복을 입고 3년 상을 치른 후 사라졌다는 풍문도 있다.

"고창으로 가서 동리선생을 찾아뵈어야 하는데……."

바쁜 걸음으로 길을 가면서 주위를 두리번거린다. 아는 사람은 없는 듯 보인다. 그래도 여전히 주변을 살피며 두리번거린다. 걸음을 멈춰서더니 무엇인가 웅얼거린다.

"스승께서 이 몰골을 반갑게 맞아주실까?"

한 여인이 나루터에서 혼자 중얼거린다. 뱃사공이 배가 떠나니 빨리 승선하라고 소리친다. 봇짐을 든 여인은 총총걸음으로 배에 오른다. 여인은 나주를 거쳐 눈 덮인 지리산으로 올라간다. 한 암자에서 이틀 밤을 머문 후 능선을 따라 오르더니 저쪽 봉우리를 보고 목을 푼다. 겨울 지리산의 설경은 대장관이다. 하지만 사위를 뒤덮은 눈은 여인의 쪽진 머리에 걸려있는 비녀와 대비되며 비장함을 느끼게 해준다. 여인은 목이 좀 풀렸는지 흥겹게 소리를 한 마당 풀어낸다. 겨울잠을 자던 오소리가 소리에 놀라 뛰쳐나올 듯하다.

오락가락 상하귀천 다모은다. 형형식식 우습더라.

화령이 춤거동과 쥬정군의 미친거동. 졔기추구 노는거동.

잡가타령 뛰거동. 터닥글더 시종소리 성싸흘쩌 회군소

리······.

온갖스람 다모힌다. 각식풍뉴 다왓더라.

무동픠 드러온니 졔금도 무슈힌데, 쵸막산민 드러온니

쒱가리도 무슈힌고 각쳐악공 드러온니 피리싱황 무슈

힌다.

북치고 소구치고 션쇼리 두셰놈이 쮜놀며 소리힌네.

소리힌며 화답힌니 원근니 요란힌다.

<경복궁영단가>에서

소리를 마친 여인은 다시 산을 오른다. 땀을 흘리
며 급한 걸음으로 큰 고개를 넘어간다. 그 옛날 구룡
폭포를 향해 가던 걸음을 회상하듯 한동안 멈춰 서서
주변을 살펴본다. 인적은 전혀 없다. 기개 넘치는 봉
우리는 서로 키재기를 한다. 깎아지른 낭떠러지가 있
는 큰 봉우리에 멈춰서더니 봇짐에서 무엇인가를 꺼
내 들더니 가슴에 그것을 안고 가죽신발을 나란히 벗
어 놓는다. 여인이 날개를 치며 떠난 자리에는 다시
소복이 눈이 쌓인다. 봄이 오고 다시 겨울이 와도 신
발은 그 자리에 머물러 있다. 아름다운 산하 계곡에
물이 흘러도 창하는 여인네의 목소리는 여전히 울려

퍼진다. 지리산 중턱의 산사에서 땔나무 장작 패는 산중이 그 소리를 들을 수 있을까. 까악까악 까마귀가 숨을 헐떡이며 고개를 넘어간다. 산사에서 연기가 모락모락 올라온다. 청명한 쪽빛 하늘에 여전히 뭉게구름은 흘러간다. 인생무상이다.

장편대하소설
사랑의 향기 ❸

초판 1쇄 발행 • 2014년 6월 9일
2판 1쇄 발행 • 2014년 11월 7일
3판 2쇄 발행 • 2018년 9월 17일

저 자/ 박태상
발행인 / 박성복
발행처 / 도서출판 월인
서울특별시 강북구 노해로25길 61(수유2동 252-9)
등록 / 제6-0364호
등록일 / 1998년 5월 4일
전화 / (02) 912-5000
팩스 / (02) 900-5036
www.worin.net

ⓒ 박태상, 2014

ISBN 978-89-8477-568-8 04810
978-89-8477-565-7 (세트)

값 13,000원